# 死への旅列車 II

北嶌 千惺
KITAJIMA Chisato



文芸社

# 目次

# 主な登場人物

**エスポワール**（Espoir）
自分探しをするために
列車の旅を続ける少女

**デジール**（Désir）
エスポワールと同じ
モー・ガール出身の少女

**オリジヌ**（Origine）
古生物、人の歴史を愛する
ミュゼの町の古代のエリアリーダー

**オルディナトゥール**（Ordinateur）
機械、科学を愛する
ミュゼの町の科学のエリアリーダー

**館長**（Réalisateur）
ミュゼの博物館を
管理・運営する第一責任者

**ペイザージュ**（Paysage）
ル・ミュゼで風景画を得意とする
努力家の学生

**アンソレイユ**（Ensolellé）
ル・ミュゼで建築画を得意とする
才能ある学生

**司書**（Biblithécaire）
声を発することができない老齢の司書

**レーヴ**（Rêve）
パルク・ダトラクションの町に住む
音楽好きの少女

**エクラン**（écran）
シネマの町に住む若き映画監督

## 『死への旅列車』これまでのあらすじ

主人公のエスポワールは自分が何者か分からない。名前も、目覚めた際に側にいた誰かにつけてもらったもの。その誰かに促され、列車に乗って自分探しの旅に出ることになった。

最初に下車した駅はパルク・ダトラクション、次はアクワリウム、そしてシネマ。それぞれの町で様々な人々と出会う中で、エスポワールが出発した「モー・ガール」という町の名前を聞く人々が嫌悪を示し、モー・ガールの出身者のほとんどが記憶喪失になっていて、モー・ガールの八割は死者の場所であるという事実が判明し、「死」の気配が漂い始めるが、エスポワールは過去の記憶の断片をかき集めるようにして、自分が何者であるかを知る旅を続けている。

# 死への旅列車Ⅱ

# 0-3　記憶の中の少女

夕方の公園は輝いていた。少女二人は砂場で砂山を作っている。

『ね、今度の演奏会は出るの？』

『出るよ。あなたも出るの？』

『うん！　次で二回目だよ！』

『そうなの？　私もなの！　同じだね』

『本当？　じゃあ一緒に頑張ろうね！』

そんな少女たちの楽しそうな話が、周りにいる大人たちをほっこりさせた。


大人になった彼女は、絵画、バイオリン、その他いろいろなジャンルで何度も優勝した。

『よくやったわ。でももっとできるはずよ。他の子に引けを取らずに、負けないようにね。少し休んだら、すぐに追い抜かれるんだから』

『……はい。お母さま』

少女は、優勝しても嬉しくなさそうだ。むしろ悲しそうだ。

もう一人の少女は、何度目かの二位を取った。

『今回も惜しかったわね。でも大丈夫よ。次があるわ。一緒に頑張りましょうね』

『はーい、お母さん』

楽しそうな声音とは裏腹に、優勝した少女を悔しそうに睨んでいた。

そんな二人の仲は、だんだんと拗れていくようになった。

＊＊＊＊＊

目を覚ます頃には既に、車窓にシネマは見えなくなっていた。

深呼吸をして一息つく。

夢の中に少女が二人。そのうちの一人はエスポワール自身だということは分かっている。

問題はもう一人。少女なのは分かるのだが顔が見えない。声がくぐもっている。きっと大切な記憶だということは分かる。体がそうだと告げる。それでも今のエスポワールには分からない。

考えれば考えるほど頭が痛くなる。

一度痛みを抑えるために、考えることをやめた。

先にレーヴへの手紙を書いてしまおうと、キャリーケースから便箋を取り出す。

そんな彼女に近づく一つの影があった。

「エスポワールさまでございますね」

車掌の男が尋ねる。

「そうですが」

エスポワールの肯定を聞くと、車掌は持っていた鞄から一通の手紙を取り出した。

「こちら、エスポワールさま宛の手紙が届いております」

「あ。ありがとうございます」

車掌は一礼してから、列車の先頭に向かって去っていった。

受け取った手紙にはRêveの文字。差出人は「レーヴ」だった。

エスポワールは急いで中身を確認する。ついでに「ゆん」から貰った箱入りのクッキーも開ける。

『ｔｏ　エスポワール
えっちゃん久しぶり！　元気だった？
あたしは元気！　練習もそつなくこなしているよ。
お母さんもね、あたしの練習に付き合ってくれてるの！　すっごく嬉しい。
あ、あとね。貝殻のネックレスありがとう。ネックレスはね、もったいなくて付けてないけど、飾ってるよ。あたし、アクワリウムに行ったことないからどんな所なのか、えっちゃんの手紙を読んでいろいろ想像してるの。ネックレスのお礼になるか分からないけど、あたしからはレモンの飴。食べ物はダメって言われたけど、手元にこれしかなかったの。ごめんね。

最後に秘密のお話。お母さんは六年チャンスをくれたけど、あたしはあともう一回で無理だったら諦める。二回もやって駄目ならあたしにトロンボーンの才能はないと思うから。そしたらお母さんの下で真剣にコントラバスと向き合うよ。この一年と残り三年を取り戻す勢いでね。

次のお手紙待ってるね。

from　レーヴ』

手紙からでも分かる元気なレーヴに、元気を貰ったような気がした。自然と笑顔になる。

エスポワールはさっそく返事を書く。飴を今はポーチに仕舞っておく。

手紙にはエスポワールが映画に出演したことを書いた。なるべく元気に。心配させないように。

手紙を書き終えると、撮影フィルムの模様が付いた封筒に、便箋とストラップを入れた。

ここでは手紙を出すことはできない。だから次の駅で手紙を出さなければならない。

手紙を書いて数時間後に「次の駅まで二十分」という車内アナウンスが流れた。

『次はミュゼ、ミュゼ。降りる際にはお忘れ物のなきようによろしくお願いいたします。……』

だんだんとミュゼの姿が見えてくる。

何やらピカピカと発光しているものが見える。


どこか古めかしい外観の駅に停まった。改札のすぐ向こうに何かの建物のエントランスロビーのようなものが見え、その左半分には化石の複製や古代獣の模型が吊るされ、右半分にはロボットや車などが飾られている。

左右はどこか不釣り合いに見えた。

エスポワールは、いつものように荷物と一緒に列車から降りる。彼女は古代にも機械にもあまり興味はないが、どこか懐かしさを覚えた。

そんな彼女に近づく人影が一つ。振り向くとそこには、薄茶色の服を着て帽子をかぶり、大きな鞄につるはしなどの工具を吊るした探検者姿の少年が立っていた。

「こんにちはお姉さん。ここは初めてだよね」

「はい。ここはどのような所なのでしょうか」

エスポワールの質問に、探検少年は姿勢を正す。

「ここは古代と科学の入り乱れるミュゼ。ここから先は左に行けば古代の宇宙へ。右に行けば科学の発達した宇宙へ行くことができるよ。どちらに行くかはその人次第だけど、それなりの広さがあるから、一週間じゃ全部はまわれないかな。ゆっくり見たいなら半月はないとね」

そう言って探検少年はガサゴソと鞄を漁る。少年が鞄の底から取り出して渡したのは、ここのパンフレットだった。

「では、ミュゼをお楽しみください！」

探検少年はニカッと笑った。

エスポワールがお礼を言った時、奥から大きなざわめきが聞こえてきた。

「あ、まただ」

「また？」

「うん。実はここの科学博物館は、数年前にできたばかりなんだけど。その時にエリアリーダーが増えてね。元からいた古代のエリアリーダーと、新しく入った科学のエリアリーダーは、よくいろんなことで喧嘩しているんだ」

あんまり気にしない方が良いよ、と言って探検少年は奥へと消えていった。

# 4　町の起源とコンピューターの野望

*Premier jour*　―初日―

気にしない方が良いと言われたものの、大きなざわめきと悲鳴のような黄色い声を無視するほど、彼女は無関心ではなかった。

たくさんの人をかき分けて、喧噪の中心の方へとやって来た。そこでは二人の男性が言い争いを繰り広げていた。

「何度言えば分かるんだ！　古代の方がロマンがあるだろう！　既に滅びた謎多き生物。人間の祖先と言えるホモ・サピエンスの歩み！　廃れ滅んでいった懐かしき風習！　これのどこがつまらないと言うんだ！」

言い返せるものならしてみろと、胸を張る。

その男性に白衣を着た男性が、呆れ果てた様子で言葉を返す。

「何を言うのかと思えば、またそれですか」

「なに？」

スーツ姿の男は眉をひそめる。

「ロマンだの謎だのと、そのような不確定なものの何が良いのかさっぱりですね。事実は確定してこそのものなのです！　機械やＡＩの示す数値の正確さたるや！　あなたにこの正確な数値の美しさがお分かりになりますか？　分かるわけがありませんねえ、何しろ不確定要素の塊なのですから！」

そんな論争を繰り返している。止めなくていいのかと、隣の女性に話しかけると、彼女は嬉しそうにエスポワールにこの喧嘩について話してくれた。

「いいのよ。これはもう見世物みたいなものだから」

「見世物ですか？」

「ええ。彼らは本気で喧嘩しているのでしょうけど。わたしたちにとっては、もう可愛らしく、微笑ましく見えるのよ。それに少しずつ喧嘩の内容も違うの。何よりも美男子の喧嘩って何かくるものがあると思わない？」

女性は本当に嬉しそうに、エスポワールに視線を向ける。

正直に答えると、エスポワールは他人の喧嘩を見て微笑ましいとは思わない。けれど、彼女の笑顔を崩しては申し訳ないと、曖昧な返事をする。

「それにもうそろそろ来るわ」

何が来るのかと身構えていると、さらに奥から人が出てきた。

「はい、それまで」

男性二人の間に腕を差し入れて、喧嘩を制止した。そこにいたのは狐目のような男だった。

彼の登場にその場で黄色い歓声が上がった。その異様な光景にエスポワールはついていけない。

「館長！　どうして止めるのですか⁉　僕はこれからこの物分かりの悪いやつに、科学の素晴らしさを教えなければならないのに！」

「はぁ？　物分かりが悪いのはそっちだろう！　館長、こいつには俺が古代の素晴らしさを言っておきますから、任せてください！」

一時収まったと思った喧嘩がまた始まった。

それに呆れた館長が、二人の頭を潰すかのごとくに掴む。痛みに苦しむ二人をよそに、館長は来客者たちに視線を移す。にっこりと笑えば、またしても歓声が上がる。

「このたびはご迷惑をおかけしてしまい申し訳ない。どうぞ皆さま、このような見苦しいものなどご覧になられないで、ミュゼの素晴らしい品々をご覧になってくださいませ」

深々と頭を下げる。それを合図に、そこに集まっていた来場客が左右に散っていく。

一人取り残されたエスポワールは、まだどちらに行くか悩んでいた。

「どうしよう……」

そんな独り言を呟くと、ハリのある声がエスポワールの鼓膜を突き抜けた。

「困った時は迷わず古代の博物館！　こちらは代々受け継がれる由緒ある博物館です！

お隣の科学の博物館とはモノの質が違います！」

「はぁ……」

彼の勢いにそんな返事しか出てこない。困惑する彼女を置いて次の言葉が違う方向から飛んでくる。

「何を言いますか！　良いですか、お客さま。こちら科学の博物館は人間が知恵を絞り、腕によりをかけて作った血と汗と涙の結晶です。こんなに美しい、見ていて惚れ惚れするような一品たちはなかなかにございません！」

「そうなんですか……」

「腕によりをかけた逸品ならこちらの方が惚れ惚れする出来だろう。なんていったって機械で作ったものよりも一つ一つにこだわりがあり、それぞれに魂が宿っているのだから！」

「それはこちらとて同じこと」

「いーや、全っ然違うな」

再び喧嘩が起こりそうになるのを、エスポワールは止めようとした。

「さあ！　お客さま！　どちらをお選びになるのですか！」

「さあ！　お客さま！　どちらをお選びになるのですか！」

美形の顔が二つ、目に飛び込んできて、止めるどころではなかった。

困り果てたエスポワールを助け出したのは、ずっと傍らで見守っていた館長だった。

「お客さまを困らせるエリアリーダーはどこの誰かな？」

顔を見ずとも声音だけで怒っていることが分かる。

そっと後ろを振り向く男性二人は、館長の顔を見て青ざめる。それだけ、怒らせた館長は怖いのだろう。ただ今の二人にとって自業自得なので仕方ない。

「無礼をお詫びしますお客人。わたくし、ここの館長を務めている者です」

「あ、ご丁寧にどうも。エスポワールです」

互いに深々とお辞儀をする。館長から背中を押されて、男二人も挨拶を促される。

「先ほどは失礼しましたお客さま。私は古代のエリアリーダーをしているオリジヌです」

「怖がらせてしまったようで申し訳ない。私は科学のエリアリーダーを務めるオルディナトゥールです。気軽にオルディンとお呼びください」

軽く自己紹介をされているだけだが、早くどちらかを選べと、ひしひしと圧を掛けられていることが分かる。

「自己紹介ありがとうございます。えっと……私は、そうですね。とりあえず宿を探そうかと思います」

エリアリーダー二人は拍子抜けした。きっとどちらかに決めてくれると思っていたのだが、エスポワールが結構な優柔不断な人だったからだ。

「では、こちらから抜けて行ってください。真っ直ぐに進めば、町へ出ることができます」

二人を押しのけて、館長がエスポワールに促す。

「ありがとうございます」

エスポワールは適当にお礼と挨拶をして、博物館を後にする。

探した。暗くなるまでずっと宿を探した。ついでにレーヴへの手紙も出した。

しかし、どこの宿もこれから一週間は空いていないらしい、エリアリーダーが表に出る時は、ほとんどの宿は埋まってしまっているという。エスポワールはちょうどその時期に被った。運が悪かった。

これからどのようにして一週間を過ごそうか。列車の中では過ごせない。野宿を考えたが、路地が狭く、木造家屋が立ち並び、ロボットの目が光るここでは、そんなことはできそうもなかった。

「どうしよう……」

駅の椅子で丸まろうか。それとも民泊宿を探そうか。

あれこれ考えている間に路地に迷い込んだのか、方向が分からなくなった。

パンフレットの地図を見ても、今自分がどこにいるのかが分からない。

エスポワールが立ち止まっていると、奥の暗がりから声をかけられた。

「お客さま?」

振り返ると、オリジヌが買い物袋を持って、エスポワールに近づいてきた。

「どうかされましたか?」

「オリジヌさん。実は、宿がどこも埋まっていまして、野宿かなーと思っていたら、迷ってしまいました」

エスポワールは正直にそう伝えた。すると彼は、何やら考える素振りを見せた。

「宿ですか……。あ、なら家に来ませんか」

「え、オリジヌさんの家ですか？　しかしお邪魔ではないですか？　ご家族の方などは」

「それはご安心を。私の家はもともと宿でしたから。使っていない部屋がいくつもあります。ただ条件がありますが。それでもよければ」

エスポワールは悩んだ。そうしてもらえるとありがたいが、条件が気になる。どのようなものなのか聞いてみると、埃まみれだから部屋は自分で掃除してほしい、とのことだった。

それくらいで泊まらせてもらえるのであれば、オリジヌの提案は素直に受け入れる。

彼の家は、五分ほど歩いたところにあった。四階建ての木造住宅。飛びぬけて高い建物だが、周りの木造平屋に溶け込んでいる。

家に着いたオリジヌは、扉の鍵を開けて家に入る。エスポワールも後に続く。

「ただいまー」

「お邪魔します」

元宿屋というだけあり、玄関ロビーはかなり広い。すぐ目の前にはカウンターと小さな鍵入れの棚が備え付けられている。右奥に二階へと続く階段が見える。

左手にある一室から男性が出てきた。男性はオリジヌに気がつき、声をかける。

「お帰り、オリジヌ。……おや、あなたは……」

エスポワールに気がついた男性は、すぐに彼女に視線を移した。

「あれ、館長さん？」

「なんか彼女、宿が見つからなかったらしくてさ。そこで右往左往してたから、ここに泊まらないかって言ったんだけど。よかったよな、父さん」

「父さん……？」

エスポワールのぽつりと呟いた言葉は、館長には届かなかった。

「ああ、お前がそうしたいのならそうしなさい。わたくしは構わないから。それから、仕事の後処理が残っているから、わたくしは博物館に戻ります」

「じゃあ今日は遅くなるな。晩飯は？」

「いりません。明日も早いですから、朝食は準備しておいてくれると助かります」

「了解。じゃ、行ってらっしゃい」

「ええ、行ってきます」

館長はそのまま家を出ていった。

オリジヌは、エスポワールが泊まるための部屋の鍵と、掃除道具を用意してくれている。

その間の時間を使って、先ほどの疑問をぶつける。

「お二人は親子だったのですか？」

「いや、うーん、まあ、今はな。ただ、血縁関係はない。俺がそう呼びたいから父さんと呼んでいる。それだけだ。ほらよ、掃除道具と鍵。部屋は三階の三〇一号室。角部屋だ。

俺たちは一階の自室にいるから、何かあったら呼んでくれ」

　今は博物館の客ではないからなのか、オリジヌの言葉遣いがフランクになる。

「ありがとうございます」

「あ、そういえば滞在期間は？」

「一週間です。それとこれ、宿泊代です」

　袋に一週間分のお金を入れて渡す。しかしそれを彼は押し返す。

「いらん。今回は俺が勝手にやったことだ。気ままに使ってくれ」

「え、でも……」

「あんた晩飯はまだか」

「は、はい……。あの、お金を……」

「今から作るから食べろ。用意ができたら呼ぶから。それまでゆっくりしていろ」

　有無を言わせず、オリジヌはエスポワールを階段へと連れて行った。断固として宿泊代は受け取らないらしい。

　これ以上踏み込むと泊めてくれる話自体がなくなりそうだったので、エスポワールは諦めた。

　渡された鍵で部屋の扉を開けると、埃と掃除をしていない部屋の独特なにおいが、エスポワールを襲った。

　エスポワールの思っていた以上に、部屋が白かった。

これでは今夜は眠れそうにない。

エスポワールはマスクをして掃除を始める。

天井まで埃が付いている。部屋の角には蜘蛛の巣が張り巡らされ、どこから入ってきたのかハエや蝶が捕まっている。

窓を開けると冷たい風が部屋の中に入ってくる。すると埃が舞ったので、一度窓を閉めた。

部屋にあった椅子を拭いて綺麗にしてから、天井の掃除に取り掛かる。掃除道具のバケツの中に、ゴーグルも入っていたのでそれも装着する。天井は埃を払って、拭いて、一時間かけて綺麗にした。

次に着手したのは壁。備え付けの家具の裏は無理として、見える範囲、手の届く範囲の埃を払い、雑巾をかける。

これには三十分ほどかかった。

次に家具を綺麗にしようとした時に、外から声がかかった。

「エスポワール！　夕食できたぞ！」

窓を開けると、下方にオリジヌがいた。

「はーい！　今行きます！」

下の階へ行こうとして、今自分の体が埃だらけになっているのに気づいた。

「先にお風呂かな」

急いで階段を下りると、カウンターに戻ってきていたオリジヌに驚かれた。

「そんなに部屋は埃だらけだったか」

「天井から床まで埃だらけでした」

目を丸くするオリジヌに正直に伝える。

「そうか。なら、まずは風呂に入ったらいい。さっき掃除は済ませて、湯を張った。露天風呂だから、きっと気持ちが良いだろう」

一度服を取りに部屋に戻ったエスポワールは、一階の玄関ロビーから見ると左手にある、渡り廊下を進んでいった。

男女に分かれた脱衣室の入り口は、改装工事をしたのか真新しかった。

しかし中に入ると、彼女の泊まる部屋ほどではないが、それなりに年季の入ったモノたちが迎えてくれた。

「わぁ……」

自然とそんな声が出ていた。

好意で泊まらせてくれるので贅沢は言えない。ボロボロの籠に服を入れて、扉を開けて外へ出る。

石造りの大きな露天風呂だった。

周りは竹で仕切られ、天井は湾曲したガラス製だ。綺麗なお湯が張ってあった。

近くにあった桶を使い体を流し、先に埃を洗い流してしまおうとシャワーの方へ向かう。

石鹸やシャンプーは一通り用意されていた。

体を洗って、とてもスッキリして湯船に入った。

ふと上を見ると、暗い空に星が輝いているのが見えた。エスポワールは、頭を空っぽにして星空を見上げる。なんてことはない一時に安らぎが訪れる。全てを忘れて、溶けてしまいそうだった。

二十分ほど湯船に浸かり、ホカホカになってお風呂から上がる。

玄関ロビーまで戻ってくると、埃だらけのオリジヌが階段から下りてきた。

「ど、どうかしたんですか？　埃だらけで」

「ベッドの周りと布団だけは整えておいた。これでいつでも寝られるだろう」

「そ、そんな。ありがとうございます。いろいろとお世話になってしまって」

エスポワールは頭を下げる。

至れり尽くせりでとても嬉しいが、全て任せていると申し訳なくなる。

「俺は風呂に入ってくる。料理は台所にあるから温めて食べてくれ」

「ありがとうございます。あの、明日からは私に料理を作らせてくださいませんか？」

オリジヌはエスポワールの横を通り過ぎたが、彼女の言葉に立ち止まって振り返った。

「お客さまにそこまでさせるわけにはいかない」

「しかしタダで泊まらせてもらっている上に、料理まで作っていただくなんてできません。掃除までしていただいて。私にも何かやらせてください」

エスポワールは必死に頼み込む。

オリジヌは少し考えて、エスポワールの目を見る。力強い訴えに彼が負けた。

「分かった。じゃあ明日からは頼む」

「……！　ありがとうございます！」

嬉しそうにお礼を言う彼女に、オリジヌはクスッと笑った。

「変なやつだな」

エスポワールは鍋に入ったシチューをガスコンロで温め直す。深皿を二つ棚から取り出して、オリジヌの分も用意する。鍋のそばに用意されていたパンを切って、別の皿に盛りつける。それらを、昔は宴会などで使っていたのだろう部屋に運ぶ。

エスポワールはオリジヌが風呂から出てくるのを、ロビーの大きな窓から眺めながら待っていた。オリジヌが出てくると、大きく手を振って、彼を呼んだ。彼を迎えに行って宴会部屋へと連れて行った。

「俺の分まで用意してくれたのか。ありがとう」

「いいえ、これくらい当たり前です」

二人は席に着いた。

「いただきます」

二人は声を揃えて言った。静かな部屋の中で黙々と食べ続ける。

それはきっと独り言だった。

「あんたの家族はどんなんだろうな」

「え？」

驚くエスポワールに、オリジヌは言葉を発していたことに気がついた。

「いや。なんでもない。忘れてくれ」

彼は時々こうなる。それは自然に出るもので、意識せず発する言葉を止める術を知らなかった。

博物館で、楽しそうで幸せそうな家族を見ると、独り言のように、どんな家族なのだろうかと呟くことがあった。

彼はエスポワールから目を逸らした。

「私の家族は、よく分かりません」

エスポワールは苦笑いをした。

オリジヌは顔を上げてエスポワールを見る。

「でも愛されていたことは覚えています」

「そうか」

「私にとっては怖い愛でしたが。せめて。……せめて、もう少しだけ優しく、微笑みかけてほしかった」

少しだけでいいから、「頑張ったね」と言って、優しく抱きしめてほしかった。

「あんた、出自はどこだ」

　エスポワールは押し黙った。

「モー・ガールか」

　彼はすぐにエスポワールの出身を言い当てた。

「どうして分かったんですか？」

「どうしてって。あんた、それは記憶喪失だろう」

「らしいです」

「なら、大体はモー・ガールだ」

　エスポワールには訳が分からなかった。

　彼の言い方では、モー・ガールの出身者のほとんどが記憶喪失になっているということになる。

「どうしてそうなるのですか」

「モー・ガールの八割は死者の場所だ」

「答えになっていません。それに、私は死んでいません」

「……そうだな。悪かった。忘れてくれ」

　確かに時間が経てば生き物は死ぬ。それはミュゼでも同じこと。

　エスポワールはモー・ガールが死者だらけではないことは知っている。人間だってしっかりといる。それは彼女がよく知っている。

エスポワールは、不快になる前に話題を変える。

「そういうあなたはどうなんですか。あなたの家族は――」

「死んだ」

エスポワールは声を出さずに驚いた。

確かに館長との血縁関係はないとは言っていたが。

本当の家族は別の場所で暮らしているのだとばかり思っていた。

「あ、あの。私……」

いけないことを聞いてしまったと、エスポワールの声が震える。

「いいよ。俺が話し始めたことだ。それに、もうずいぶん昔の話だからな。今さら悲しいなんて思わないし、覚えてもいないからな」

彼は食べ終わった皿を台所までさげた。

残されたエスポワールは、一人で残りのシチューを食べた。

何があったかなど聞けるわけがなかった。

*Jour deux*　―二日目―

翌日は合い鍵をオリジヌから受け取って、古代の博物館に足を運んだ。

初めに出迎えてくれたエリアは〝宇宙の創造と星の誕生について〟。あまり展示物がなく文字が多いせいか、子供たちはさっさと次に行ってしまうようで、先ほどから何十人と子供たちに先を越されている。

エスポワールの隣でうんうんと唸りながら展示の説明文を読み、歩を進めているのは、八十代くらいのお爺さんだった。ここを読んでいるだけで三十分は潰せるのではないかと思う量がある。ビッグバンから初めの星ができるまでを読み終えてから、エスポワールは次に移動した。

次は、この星ができてからどのように大地ができて、どのように水を作り出して海ができたのかというエリアだった。

一連の説明と共に映像を流しているのだが、子供には難しいのか、そこにいるのも大人たちが多かった。

次のエリアからようやく生き物が登場してくる。

カンブリア紀にいた花のようなディノミスクスは、花びらに見えるのは触手で、その中に口がある生き物。五つの目を持つオパビニアや、カンブリア紀最大の大きさを誇ると言われているアノマロカリスなど、実物大の複製標本が展示されている。

不思議な姿をした様々な生き物は、背骨を持つ魚へと進化した。背骨はできたが、顎がない無顎類の魚たちだ。

エイのような姿のゲムエンディナや、頭の方が平べったくなっているドレパナスピスなどの、復元された模型と化石が展示されている。

海での進化を果たした魚たちはその後、陸へと上がってくる。

デボン紀の両生類はサンショウウオのような姿のアカントステガ、石炭紀のトカゲのような見た目のヒロノムスなど。

一方、緑藻類から進化したと見られる陸の植物たちは、デボン紀の後の石炭紀に栄えた木本様植物のリンボクや、低木の木生シダなどなど。

両生類が陸上で生活するようになったのは、陸上に虫が出現してからではないかと言われている。

エスポワールは一つ一つを興味深く、丁寧に見て説明を読んでいった。

知らない生き物と生態系。その時代を分かりやすく区分し整理されているこの博物館は、もしかするとかなりの宝庫なのかもしれないと、彼女はわくわくが止まらなくなる。

三つのエリアを移動して、次に進もうとした時、大きな声が聞こえた。

「お父さん！」

子供の声だった。

「まったく、どこに行ってたんだ。捜したんだぞ」

そんなことを言いながら息子を抱きかかえる父親。

「お兄ちゃんが連れてきてくれたの」

「そうだったか。このたびはありがとうございます」

「いえいえー。見つかってよかったですよ。ぼくー、もうはぐれたらダメだぞ」

親子の前には、案内係の探検少年がいた。

「ほら、お礼を言いなさい」

「うん。お兄ちゃんありがとう。またねー」

少年はニカッと笑った。

「またねー」

男の子と少年は手を振り合いながら別れた。

そんな、なんてことない光景に、エスポワールは心の痛みを覚えた。

それは自分のことなのか、昨日のオリジヌの話を聞いたからなのか、分からなった。

暗い顔をしていたのが見えたのか、探検少年がエスポワールに声をかける。

「どうかしましたか？　お客さま」

ハッとして、探検少年の方に視線を移す。

「なんでもありません。ご心配おかけしてすみません」

「そうですか。何かあればすぐにお申し付けください」

「ありがとうございます」

そんな話をしている二人に、足音が迫ってくる。

足音の人物は、背後から探検少年の頬をつねった。

「こんな所で何をやっているんだ、案内係」

探検少年は、頬を摘まれたまま視線を上げる。

そこには、覗き込むようにして探検少年を見ている男の顔があった。

「ふぁ！　フォリジヌふぁん！」

舌をうまく動かすことができずに、きちんと発音ができていない。

オリジヌの手から逃れた探検少年は彼に向き直る。

「迷子の男の子を父親に送り届けて、具合の悪そうなお客さまに声をかけていました」

ビシッと敬礼する。

オリジヌはエスポワールに視線を移して、すぐに探検少年に声をかける。

「分かった。お客さまは俺が医務室へ案内するから、お前はさっさと駅に戻って案内をして来い」

「はーい」

しょうがないという風に、探検少年は返事をした。

「あ、そうだ」

探検少年はそう言ってオリジヌに耳打ちをする。

「そんな乱暴な言葉でお客さまを泣かせたら駄目だからね」

「さっさと持ち場につけ、このガキ」

少しムカついたのか、オリジヌはさっさと行けと少年を軽く片膝で押す。それを、蹴ったと大げさに受け取った探検少年は声を上げた。

「あ！　やったな！　このこと、館長に伝えてやる！」

「館内では静かにしろ、職員」

少年は早歩きで、客の邪魔にならないように素早く館内から出ていった。これは館内外でのいつもの二人のやり取りだった。

オリジヌは、やっと行ったかと一息ついた。

そしてエスポワールに向き直る。

「騒がしくてすまない。具合が悪いのなら今から医務室に連れて行きますが、どうしますか」

「大丈夫です。ありがとうございます」

先ほども探検少年にそう伝えた。

オリジヌは顎に手を当てて、何か考えている。

「どうかしましたか？」

「いや。うーん。お客さま、お昼は召し上がりましたか」

「まだです。けれど、まだお昼ではないですよね？」

「もう午後一時を回っております」

エスポワールは、驚いて自身の懐中時計を見る。時刻は一時二十分時過ぎ。博物館に入って、既に五時間ほどが経っていた。

「そんなに経っていたんですね」

エスポワールは懐中時計を見ながら目を丸くする。

「よくいらっしゃいますよ。お昼を忘れて何時間もご覧になるお客さまが」

オリジヌは愛おしそうに目の前の展示品を見つめる。

「昼食はきちんと取ってもらいたいのですが。それでも私たちと展示品たちの作り上げたこの空間に、時間を忘れるほどいてもらえてとても嬉しいんです。皆さん、とても楽しかったと言ってくれて。ああ、私はここにいてよかったなって、思えるんです」

彼は今、とても幸せそうだった。声をかけることが憚られるほどに柔らかい雰囲気だった。

エスポワールは四時間ほど見回った後、博物館を出た。今日の夕食代をオリジヌから渡されたので、買い物をして帰ろうと思っていた。

今夜はボロネーゼにしようと考えている。

町には木造の家屋や宿が立ち並んでいるが、大きな食品店だけはコンクリート造りになっている。

それでも全体の調和は取ることができているので、町づくりにはかなり力を入れていることが分かる。

買い物を済ませて、オリジヌの家へと帰る。

木造家屋の並ぶ通りは、砂利敷きや石畳になっている。家と家の間は程よく空間があり、路地裏に井戸があったり、駄菓子屋があったり、情緒あふれるレトロな町並みになっている。

石畳では、時々警備ロボットとすれ違う。エスポワールの膝くらいの高さの小さなロボットが、子供たちと遊んでいる。

町のどこからでも見ることができる中央棟は、木に囲まれてはいるが、辺りを監視する棟。

そろそろ日が沈み、暗くなろうとしている時間帯。エスポワールは、迷子になっていた。様々なものに目移りしては、立ち止まっていたのだから無理もなかった。

彼女は決して方向音痴ではないが、路地に入っては出て、入っては別の所に行く。そんなことを繰り返していれば、迷ってしまうのも当然だった。

とりあえず石畳のある方へと足を運ぶ。そこに行けば警備ロボットがいるはずだから。

三分ほどで石畳の通りへと出てきた。そこでひときわ光を放つ警備ロボットに声をかける。

「もしもし？　ロボットさん」

ロボットはエスポワールの方へ体を向ける。

『こちら、警備ロボットでございます。何かご用でしょうか』

「えっと……」

声をかけたはいいが、どのように言えばいいか分からなかった。

オリジヌの家はどこか、と聞けばいいのか。しかし、名前を言ったところで、このロボットは応えてくれるのだろうか。

ロボットはじっと待ってくれている。

「えっと、オリジヌさんの家はどちらでしょうか？」

聞かないよりかはいいだろうと、とりあえずはそう伝える。

『検索中。検索中。……オリジヌ。古代のエリアリーダー、オリジヌで合っていますか？』

「そうです！　合ってます！」

嬉しくなって、エスポワールの声が大きくなる。

『オリジヌ宅は、この先の七つ目の提灯を左に曲がった先にあります』

エスポワールは感心していた。名前を告げただけで家を特定する。それはすなわち、家のデータが全てこの小さなロボットの中にあるということ。

「もしかして、この中には誰がどこに住んでいるのか、全てのデータが入っているのですか？」

『仰る通りです』

「でもそれを悪用しようと近づいてくる人もいるのでは？」

『そのような方は持ち物と挙動で分かります。ワタシたちには異常探知機能も付いていますので、大丈夫です』

「そんなものなのですか？」

『そのようなものです。それでは、ワタシはこれで』

「ありがとうございました」

小さなタイヤをころころ転がして、警備ロボットは去っていった。

言われた通りに七つ目の提灯を左に曲がった。そこから十分ほど行ったところに、オリジヌの家が確かにあった。

朝、オリジヌから貰った鍵を使う。

「あれ？」

施錠されている感触がないことを不思議に思い、扉を開けると、あっさり開いた。

そっと中を覗くと、玄関ロビーに館長が立っていた。館長はエスポワールに気がついて声をかける。

「おや、エスポワールさま。お帰りなさいませ」

「ただいま帰りました。館長さんは、今日はもうお仕事は終わったのですか？」

「いいえ、急な仕事で必要なものを取りに来たのです」

館長は既に荷物をまとめて、これから家を出ようとしていたところだった。

「あの、今日は私が夕食にボロネーゼを作るのですが。ご用意した方がよろしいですか？」

館長は目を丸くして溜息をつく。

「オリジヌはお客さまにそんなことをさせて」

「あ、私が作らせてくださいと言ったんです」

エスポワールは慌てて、言葉を訂正する。

「そうですか。ならいいのですが」

館長はまとめた荷物を持ち上げる。

「ではわたくしは博物館に戻ります。戻り時間は分かりませんが、夕食はご用意いただければ嬉しいです」

そう言って出て行こうとするので、

「行ってらっしゃいませ」

とエスポワールが送り出すと、これではどちらが客なのか分からない、と館長が笑った。

つられてエスポワールも笑う。

館長が玄関を開けると、ちょうどオリジヌが帰ってきた。

「おっと。お帰り、父さん」

「ただいま帰りました。わたくしはまた戻りますがね」

「あ、そうなんだ」

「それより、館内の見回りはどうしたのですか」

「今は家に客がいるから代わってくれって言ったら、代わってくれた」

「今度改めてお礼を言っておきなさい」

「分かってるって。そんじゃ、さっさと行かないと仕事相手に怒られるぞ」

「分かっていますよ。では、行ってきます」

「行ってらっしゃーい」

暗がりに提灯の明かりだけがついている路地に、館長は消えていった。

「ただいまー」

「お帰りなさい」

「ああ……」

オリジヌはエスポワールの、今まさに帰ってきましたという様子を見て言った。

「さては迷子になってたな」

「なぜですか？」

「買い物袋がパンパンじゃないか」

「あ……」

エスポワールは図星を突かれて、恥ずかしくなってきた。

「迷子じゃないです！　ちょっと探索してただけですから！」

そう反論したのは半分本当だ。

ムキになったせいか、オリジヌにはクスクス笑われた。エスポワールはさらに恥ずかしくなって、顔を赤くする。

「俺は風呂掃除してくるよ。夕食は昨日話した通りよろしく」

笑いが収まらないまま、彼は露天風呂へと向かっていった。エスポワールは、恥ずかしさと怒りを抑えて台所へ足を運ぶ。

一般家庭には広すぎる台所には、本格的な調理道具が並んでいた。それでもほとんどは使われていない様子だった。

大きな冷蔵庫の中には何が入っているのかと思い、開けてみる。

何を作ればいいのか頭を悩ませるほどに何も入っていなかった。

オリジヌも館長も忙しい人だからなのか、自炊しないだけなのか。それは分からないが、ボロネーゼに必要な材料を全て買っておいてよかった。

館長がいつ帰ってくるかは分からないが、とりあえず三人分のボロネーゼを作った。

冷めても温めれば美味しく食べることはできるので問題ないだろう。

館長の分には、ラップをかけて冷蔵庫に入れた。

エスポワールとオリジヌの分は、昨日夕食を食べた元宴会部屋に持っていった。

ちょうど、オリジヌが風呂掃除から戻ってきた。

「お、これは……パスタ?」

「ボロネーゼです」

「ああ、ボロネーゼ。……ミートソース?」

「ボロネーゼです」

「む、そうか。ボロネーゼ」

ボロネーゼか、とオリジヌは呟く。

どうかしたのかと、エスポワールが声をかける前に、オリジヌから話を切り出した。

「これは、俺でも作ることができるのか?」

「きっと作れますよ。そんなに難しくありませんので。よければレシピをお教えしましょうか」

オリジヌは嬉しそうに顔をパッと明るくした。

「いいのか。ありがとう。今度父さんに作ってみよう……」

ぽつりと呟いた彼の言葉に微笑ましくなって、エスポワールはくすりと笑う。

「どうした？」

「いえ、お父さまのことが大好きなんだなと、思いまして」

「おかしいか」

「いいえ、そういう意味で笑ったのではなくて。微笑ましくて、仲が良くていいなと思っただけなんです」

エスポワールは慌てて訂正する。

二人は席に着いてやっと食べ始める。

ミートソースよりも味わい深く、コクのある風味が口の中に広がる。

「ん。美味しいな」

「よかったです。お口に合ったみたいで」

それから二人は、黙々と食べ進めた。

食べ終わって一息ついていると、オリジヌがぽつりと話を始めた。

「館長は俺にとっては、義理の父親だけど、すごく尊敬をしているんだ。息子としても、エリアリーダーとしても、俺をここまで育ててくれた。感謝しかないんだ。でもさ、俺には館長に敵わないことが多すぎる。だから俺が家事をすることで少しは楽にしていてもらいたいと思っているんだ」

「何かできることがあるのは、良いことだと思います」

エスポワールの脳裏に母の顔が浮かぶ。

母にとってどんな娘だったのか。これまで生きてきて母に応えることができていたのか。エスポワールはきっとできていないと思っている。だから少しでも誰かに何かを貢献することができるのならば、それが良いことだと思っている。

「俺の両親は、建設の仕事をしていたらしい。エスポワールはここの中央棟は見たか？」

「ええ、見ました」

ミュゼの中央棟は、一般的な資材を用いてはいるが、町の景観と馴染むように、周りは木に囲まれている。

「両親はそこの建設作業員だったんだ。で、完成間近だった塔の天辺から、落ちた」

オリジヌの両親の命綱が切れたのだ。原因は劣化。その時は大騒ぎになった。

エスポワールは驚いたが、態度には出さないように努めた。

「七つの時だったらしい。両親と仲の良かった館長が、俺のこと引き取ってくれたんだ。館長も一児の父だから、育児は慣れているからって、快く受け入れてくれたらしい」

オリジヌはコップの水を一口飲む。目の前でエスポワールが何やら考え込んでいる様子に気づいた。

「どうかしたのか」

「これは、私の想像なのですが。そのお子さんはもしかして、オルディナトゥールさんなのかなー、なんて」

　言い終わるとほぼ同時に、コップが机に叩きつけられる音が聞こえた。顔を上げたエスポワールの目の前には、コップを握りしめて俯いているオリジヌの姿があった。

「あ、あの。すみません、勝手なことを言って」

「――――」

　何やら呟いているようだが、何を言っているのかエスポワールには聞こえない。

「オリジヌさん？」

「あいつと兄弟なんて死んでも嫌だ」

「え？」

　これまでにない低い声だった。

「あいつと親族と思われるのも嫌なのに、あいつと兄弟なんて寝込む。いや死ぬ。しかも、館長の息子は生きていたら俺より年上？　あいつは俺の兄さん？　ああ！　嫌だ嫌だ！　考えただけでぞっとする。大体なんでそうなるんだ」

　最後の言葉はエスポワールに向けられていた。

「えっと……。こんなことを言ってはあれなのですが。オリジヌさんと親子よりも、オルディナトゥールさんとの方が親子っぽいなと……思って……すみませんでした」

オリジヌはずっとエスポワールを睨みつけている。よほどオルディナトゥールと兄弟と思われたのが嫌だったらしい。

「私、てっきりお二人はご友人だと思っていたのですが」

キッと睨まれた。

「すみません」

エスポワールは、もうこれ以上は掘り下げまいと自分に言い聞かせた。

「誰が友達か。あんな古代の良さも分からないような阿呆が」

オリジヌは不満げに、皿を持って席を立った。

「あ！　私が片付けます」

「いや、いいよ。これくらい自分でできる」

「私は甘えている身ですから、これくらいさせてください」

「あんたは客なんだから、こんなことまでしなくていい」

「部屋の掃除もしてもらいました」

「俺がやったのはベッドだけだ」

一歩も譲らぬ両者はそのまま黙り込み、皿を持ったまま動かなかった。

先に言葉を発したのは、エスポワールだった。

「私よりオリジヌさんの方が疲れているはずです。私のできることでしたらなんだってやらせてください」

力強い瞳にオリジヌは押し負かされそうになる。

オリジヌが疲れているのは事実だ。それでも客にそこまでやらせるわけにはいかない。

ただ、自分のことを思って言ってくれたことが少し嬉しかった。

「……分かったよ。じゃあ、先に風呂に入ってくる」

「ごゆっくりー」

エスポワールは手を振って、オリジヌを見送った。

## *Jour trois*　—三日目—

大欠伸をするエスポワール。

昨夜は、古代の博物館で受け取った資料を読んでいて、寝るのが遅くなってしまった。

そのせいか今朝はとても眠い。

しかしその資料は見入るほどによくできていた。昨夜はとても楽しめた。

二階に下りると、奥の一室の扉が少し開いているのが見えた。

寝ぼけた頭でその部屋まで足を運ぶ。

誰かいるのかと扉を開けた。

部屋の様子を見たエスポワールは一気に目が覚めた。部屋のいたるところに、ボウガンが飾ってあった。他にも、数本のおしゃれな槍に弓矢も飾ってある。

「ここは……」

「あんた、こんなところで何をしている」

背後に掃除機を持ったオリジヌが立っていた。

「あの、ここは？」

「館長のコレクション部屋だ。勝手に入らないでほしい」

「すみません。部屋の扉が開いていたので気になってしまって。……本当にすみませんでした」

エスポワールは急いでその部屋を後にした。彼女が階段を下りるまで、オリジヌは見届けていた。

「まったく。だからあれほど扉の締め忘れには気をつけろって言っているのに」

そう言って彼は、バタンッと扉を閉めた。

あれは一体何だったのか。エスポワールは今朝のことが気になって、目の前の、一番初めに造られたとされる車の展示に集中できない。

ここは科学の博物館。

人間の英知と科学の結晶を集めた博物館。

今エスポワールがいるのは、車の歴史を辿ることのできるエリア。昔の蒸気で走る車から、現代の電気で走ることのできるようになった車までの歴史が事細かに書かれていた。

一つ前のエリアは船が展示されていた。

木で作った筏から現在の鉄の船へと、どのような変化があったのかが、こちらも事細かに書かれていた。

船のエリアでは、アクワリウムで見た現在の豪華客船の一〇〇分の一スケールの大きな模型が飾られていた。それ以前のモノは、小さな台に乗るほどの大きさで、古いものから順序良く並べられていた。

小さな客船模型の前で、一人の老人が涙を流していた。どうしたのかとエスポワールが声をかけると、老人はさらに涙を流した。

そして言った。

「この船はわたしが乗務員として勤めていた時の型なんだ。なんだかその時のことを思い出して、自然と泣けてしまった」

あとで博物館スタッフに聞いた話では、このような人はよくいるらしい。

仕事で使っていた機械が恋しくなるのだろうか。壊れてもう二度と見られなくなったような機械がここにはある。それは乗り物だけではない。工場で使うような製造機器や電気を使う掃除機。大型の実験器具など様々だった。それらを見るために、二週間も三週間も、この町に長く滞在する人が多い。さらに、機械を造るような人たちの中には、以前の人間がどのような物をどのように作っていたのか、先人に教えを乞うような感覚で見に来ている者もいるらしい。

言ってみればここには人間の歩みが詰まっている、未来に必要な知識が詰まった場所だった。

ピンポンパンポンと、館内放送の音が鳴った。

『これより、車のエリアにある中央広場にて、エリアリーダー、オルディナトゥールによる講演が始まります。皆さま、ぜひともご参加くださいませ。……繰り返します。これより、車のエリアにある――』

車のエリアの広場ならここから近いと、エスポワールは広場へと急ぐ。

広場には既に多くの人が集まっていた。

純粋にオルディナトゥールの講演を聴きに来た人、オルディナトゥールを見るための目的で来た人、時間があったから来た人など、老若男女が広場に集まっている。

椅子は埋まっている。エスポワールは後ろの方で立ち見することになった。

五分ほどしてアナウンスがあった。

『お待たせいたしました。これより第三の部。アクワリウム、豪華客船の歩みを、開催いたします。それでは、お願いいたします』

進行役に促されてオルディナトゥールが広場に出てきた。拍手が広がる。

オルディナトゥールは一礼をする。

「このたびは、ミュゼ、並びに、科学博物館へのご来館誠にありがとうございます。本日の第三の部を任されました、科学博物館のエリアリーダー、オルディナトゥールと申します」

オルディナトゥールがもう一度頭を下げると、再び拍手が起こった。

「ありがとうございます。それでは本日は、アクワリウムで数百年の歴史を持つ、豪華客船の歩みをご紹介いたします。長くなるかもしれませんが、最後までお付き合いいただければ、幸いでございます」

辺りが暗くなって、大型のスクリーンが天井から下りてきた。『アクワリウム　豪華客船の歩み』と映し出されている。

スクリーンの横に移動したオルディナトゥールが、『それでは、始めさせていただきます』と言うと広場は暗くなり、客から三度拍手が起こった。

『アクワリウムは、水と神秘の水族館のある町として皆さまには知られております。しかしそれだけではございません。水族館のそのさらに先には広大な海が広がっており、無数の船が仕事をこなし、お客さまを乗せて運んでおります。そんな船の一つが、こちらのスクリーンに映る豪華客船。名前を〈ガーベラ〉と申します。

この名を聞いてお気づきになられた方もいらっしゃると思います。こちら、キク科に分類される花の、ガーベラから名づけられております。花言葉は、〈希望〉〈常に前進〉でございます。滅多に後退しない船にふさわしい名前かと思います』

オルディナトゥールのウイットの効いたトークに、知識のある者は笑みを零す。

『それではこの〈ガーベラ〉が、どのような生涯を送ってきたのか。説明に移りましょう。ここからが本題でございます』

スクリーンの映像が変わる。

『今から数百年前。〈ガーベラ〉は、収容人数五十人程度の客船として登場いたしました。船員はたったの十二人。……さて、これでどのようにお客さま約五百人を満足させるまでになったのでしょうか。何、簡単なことでございます。この頃は、客を乗せて海を回っていただけなのですから。お料理なんて以ての外でございます。そんな客船はどのように、今の大きさまで成長いたしましたのでしょうか。〈ガーベラ〉は、十三回ほど姿を変えてまいりました。今の姿の〈ガーベラ〉は、もうすぐ百周年にございますが、初めの頃はそのように長寿ではございませんでした。最初の客船は二十年。その次は十五年。今よりも出港回数が多かった、というのもありますでしょう』

ここからは、一つの客船を三分から五分ほどかけて説明していった。

その間に客の入れ替わりはあったが、結局椅子が空くことはなかった。

『そして、何度も引退・現役を繰り返してきた〈ガーベラ〉は、今の姿に落ち着いております。次はどのような姿になるのか、楽しみでしょうがありません。これからの〈ガーベラ〉が、皆さまに届ける希望はどのようなものなのでしょうか』

スクリーンが上がり、辺りが明るくなる。

『それでは、これにて第三の部を終了いたします。初めからお聴きになられたお客さまも、途中からのお客さまも、本日は誠にありがとうございました。この後も閉館まで、科学博物館をお楽しみくださいませ。……オルディナトゥールがお送りいたしました』

オルディナトゥールが一礼すると、辺りに拍手が巻き起こった。

客が次第に退いていく。

エスポワールは一度時計を確認する。時刻は午後五時。もう少し科学博物館を回ることにした。

彼女は、豪華客船〈ガーベラ〉の話を聞いて、少し思うところがあった。

〈ガーベラ〉は、数百年の間様々な客を乗せて人々を笑顔にしてきた。止まっては進みを繰り返して、皆に愛されてきた。

しかし、自分はどうか。前に進むことができず、止まってばかりだった。敷かれた線路の上で雁字搦めにされた人生。今このように、旅ができるのが不思議なほどに。

自分を押し殺して母に応えようとしていた。それが間違っていることなのだとは思わない。けれど、心のどこかでは、前に進みたいときっと思っていたのだ。

先ほどのオルディナトゥールは輝いていた。たくさんの「好き」と、知ってもらいたいという情熱が伝わってきた。

今まで自分はそうしてきたのだろうか。楽しくできていたのだろうか。

記憶の石から得た情報では、そんなことはないように思えた。

しかし、今はそれでもよかった。これから進んでいけばいいのだから。〈ガーベラ〉のように、〈希望〉を抱いて〈前進〉していく。

それが彼女の今の目標の一つになった。

## *Jour quatre* —四日目—

エスポワールはレーヴへ送る便箋と土産を選んでいる。

ミュゼには古代と科学の二つの土産物店が隣り合っているので、一度に買い物ができるようになっている。

まずは古代博物館の土産コーナー。

音楽好きの女の子はどのような物を喜ぶのか。考えたが、どれがいいのか分からない。

エスポワールにはそんな知識があまりなかった。

宝石のようなものかとも思ったが、そのようなどこでも買えるようなものでは、意味がないと思い、やめた。サメの歯や小さなアンモナイトの化石、恐竜の卵のレプリカなど、いろいろ見たが何か違うような気がした。

「うーん」

どれにしようか迷っていると、声をかけられた。振り向くと、そこにはオリジヌがいた。

「どうかなさいましたか、お客さま。ずいぶんと唸っておいでてしたが」

エスポワールはそう言われて初めて気がついた。意識したとたんに急に恥ずかしくなった。

「友人へ何を送ろうかと悩んでいるのですが。さっぱり決まりません」

「ご友人はどのような方ですか？」

「音楽が好きな女の子です」

オリジヌもエスポワールと共に音楽好きな女の子が喜ぶ贈り物を考えた。

何か思いついたのか、オリジヌはエスポワールを連れて民族楽器を扱うスペースまで来た。

「この辺りでどうでしょうか。民族楽器です。値は張りますが、それだけ良いものになっております」

値札を見てみると、エスポワールの財布が空になるほどの金額が書いてあった。

目を見張り、一瞬頭が真っ白になった。

「あの、私こんなに高いものは買えません。手頃な値段のストラップなどはありませんか」

「ストラップですか……」

少し悩んで、オリジヌはアクセサリー売り場までエスポワールを案内した。

「こちらはいかがでしょうか」

そう言って手に取ったのは、勾玉に少し装飾の施されたネックレス。桃色で、レーヴから貰った記憶の石と似たような色合いだった。

「これ、いくらですか」

この勾玉に運命のようなものを感じた。直感でこれだと判断した。値段は、エスポワールにも払えるものだった。ネックレスにしては、手の出しやすい値段だったのではないだろうか。

エスポワールはさっそく会計を終わらせた。

「一緒に選んでいただきありがとうございました。おかげさまで、納得のいく買い物ができました」

最後まで付き合ってくれたオリジヌに頭を下げる。

「いいんですよ。お客さまが困っていれば手助けをするのは当然のことですので。それで、この後はどこかへ行かれるのですか」

「このまま隣も見てしまおうかと思っています」

そう言ってエスポワールが指差した先には、科学博物館の土産物店があった。するとオリジヌは苦虫を噛み潰したような、心底嫌な顔をした。

「お客さまにそのような顔を見せてはいけません」

そう言って現れたのは館長。科学博物館の方から来たらしい。

「あ、館長。お疲れさまです」

オリジヌは背筋を伸ばす。

「はい、お疲れさまです。オリジヌ。接客はどんな時も笑顔で、です」

「はーい」

分かっているからと、生半可な返事を返した。

「オリジヌ」

低く真剣な声音でオリジヌを叱る。

「すみません」

項垂れるオリジヌをよそに、館長はエスポワールに向き直る。

「迷惑をおかけしてしまい申し訳ありません、お客さま。職員にはわたくしから注意しておきますので、残りのお時間もミュゼをお楽しみください」

「迷惑だなんてそんな。オリジヌさんのおかげで良いお土産を買うことができました。ありがとうございます」

エスポワールは一礼してから、科学博物館の方へ移動した。

館長はオリジヌを連れて、博物館を出る。

二人は会ったついでに、遅めの昼食をとろうとレストランへと足を進めていた。

「あなたに懐いている案内係が、館内であなたに暴力を振るわれたと言っていましたよ」

館長が何のことを言っているのか、オリジヌは一瞬分からなかったが、一昨日のことを言っているのだと分かると、文句を垂れた。

「げ！　あいつ本当に言ったのか。まあいいけど」

「案内係へのいじめはそろそろやめなさい」

「毎回言ってるけど、あれはいつも向こうから仕掛けてくるんだ。加減はしてる。それに、あれは俺たちのスキンシップだ。いじめじゃあない」

館長は困ったと溜息をつく。この話をするたび、いつもこの返事になる。

「まったく。オリジヌにはもう少し大人になってほしいのですがね」

「どういうことだよ」

「落ち着いて、口を慎めるようになると良いですね」

「それが大人か？」

「それでは何が大人だと思いますか？」

「概念」

オリジヌは即答した。悩む素振りも見せなかった。

「どういうことです」

「だって、年齢でここからは大人だって決められてるけど、大人でも子供みたいなやつはいるし、その逆も然り。大体そんなの、国のお偉いさんが決めたことだ。どんなやつが大人で、どんなやつが子供かなんて、そんなの個人の感覚でも違うだろう？」

「一理あるような、ないような意見ですね」

「俺の中には百理くらいはある」

　子供のような返しに、館長はクスッと笑う。

「それは本気で言っています？」

「……冗談に決まってるだろ」

　言ってから、あまりにも阿呆なことを言っていたことに気がついた。少し口を慎んだほうがいいようだとオリジヌは思った。

「そんなことでは、あなたたちに館長を任せることが遅くなりそうですね」

　館長の予期せぬ言葉にオリジヌの足が止まる。

「今なんて？」

　館長はオリジヌを見据える。そこには、うきうき顔で次の言葉を待つオリジヌがいる。

「ですから次の館長は、オリジヌとオルディナトゥールに任せようと思っていたんですよ」

　ウキウキの顔から、『オルディナトゥール』という名前を聞いて、すんっと元の表情に戻った。

「どうかしましたか？」

「うーん。館長を任せられるのは嬉しいんだけど。どうしてあいつと一緒なんだ。父さんは一人で館長をしてきたんだ。俺にだってできるはずだ」

　館長は頭を振った。

「わたくしがもう何十年もやってきて、一人では無理があると分かっているから、二人に頼むのです。あなたに嫌がらせしたいわけではありません」

「それは分かってるんだけどさ。うまくやっていける気がしない」

すっかり自信をなくしてしまったオリジヌの背中を、館長が優しく撫でる。

「大丈夫ですよ。あなたは、わたくしの自慢の息子なのですから」


科学博物館の土産物店に移動したエスポワールは、こちらでも何を買おうか悩んでいた。先ほどのようにアクセサリーにしようかと思ったが、ネックレス以外のものを探している。

薄い鉄製の、細部にまでこだわり抜かれた蝶や星などの小さな置物が、ガラスの飾り棚に飾られている。多少値は張るが、これくらいならば手は出るかも、と買おうかどうしようか悩んでいる。

「手に取って、ご覧になりますか?」

なかなか決めることのできないエスポワールに声をかけたのは、オルディナトゥールだった。

「いいんですか?」

「ええ、もちろんでございます。少し失礼します」

エスポワールの前に進み出て、飾り棚の扉を開ける。

彼が取り出したのは、犬の小さな置物だった。犬種は恐らくパピヨンだろう。

オルディナトゥールがそれを手に取って、エスポワールの掌にのせる。少し力を入れただけで壊れてしまいそうなそれらは、一寸の狂いもなくパピヨンの形をしていた。置物は動物がほとんどで、他に、星やクラゲや、魚、サメなどの海の生き物があった。

「どうでしょうか。言っていただければ他のものも取り出しますよ」

どれがいいかとしばらく見ていると、端の方に三種類の楽器の形をしたものを見つけた。

パピヨンの置物を置いて、そちらへ向かう。

楽器はトランペット、ホルン、トロンボーンがあった。エスポワールは、迷わずトロンボーンを手に取った。

「これにします」

「どなたかへの贈り物ですか?」

「ええ。大切な友人へ」

オルディナトゥールは、飾り棚の扉を閉めた。

そして、エスポワールからトロンボーンの置物を受け取り、レジへと向かう。エスポワールも付いていく。

会計の列に並んでいると、五分ほどでエスポワールの番が来た。

「せっかくですのでラッピングはいかがでしょうか。三つから選ぶことができます」

提示されたのは、「小さい黄色」「中くらいの青」「大きめの赤」の三種類のラッピングペーパーだった。

エスポワールの買った置物は、小さな箱に入っている。これに一番見合うものをと、オルディナトゥールに頼む。

彼が選んだのは、黄色いラッピングペーパーの一番小さなものだった。桃色のリボンもつけてくれた。

「あ、そうです。私今、オリジヌさんの家に泊まらせてもらっていて、夕食を作らせてもらっているんです。オルディナトゥールさんも今夜一緒にどうですか？」

オリジヌがオルディナトゥールを嫌っているのは知っている。それでも、エスポワールは一度彼と話をしてみたかった。オリジヌがあれほど嫌う彼は、とても楽しそうに講演する彼は、一体どのような人物なのか。

「申し訳ございません。私はここから出られませんので。せっかくのお誘いですが」

彼は申し訳なさそうにしていた。それは従業員としての対応か。それとも本当に残念だったのか。

「ただ、オリジヌと館長にはよろしく言っておいてくださると嬉しいです。オリジヌは私のことを嫌っていますけれど。私は彼のことを先輩として尊敬していますよ。もちろん、館長もね」

そう言って、買い物袋をエスポワールに手渡す。

「そう伝えておきましょうか？」

渡されたものを受け取ってそう尋ねると、彼は困ったような笑顔で言った。

「それは止めていただきたい」

後が怖いから、と。

エスポワールは、挨拶をしてレジを後にした。

振り返って驚いたのは、並ぶ前よりも列が二倍以上の長さになっていたことだった。

ぜひとも自分もオルディナトゥールに会計してもらい、話がしたいと並んだ者が多かった。

「……アイドルみたいですね」

それは握手会のようだった。

ただ、とても運要素が強かった。レジは一つではないのだから。

土産屋店を後にしたエスポワールは、かなり遅めの昼食をとることにした。

何を食べようかとメニューとにらめっこをしていると、少年の大声がエスポワールの耳を突き抜けていった。

何事かと声のした方を見ると、探検少年がエスポワールのことを指差して立っていた。

少年はいそいそとエスポワールの前の椅子に座る。

「ね、あなたが噂のオリジヌの家に来ている客人だよね？」

「噂？」

「そうそう。でも先になんか注文しちゃおう」

ピンポーンと呼び鈴を鳴らす。

店員の女性が来て、少年は矢継ぎ早に注文をする。

「うんとね。ハンバーグとオムライスと海藻サラダとフライドポテトと唐揚げとマルゲリータピザと、デザートに苺のパフェとクリームブリュレ！」

次々飛ばされる言葉のミサイルを、女性は正確に次々と注文票に打ち込んでいく。

「そちらのお客さまはどうされますか？」

エスポワールは二人のやり取りに目と耳を奪われて、何を頼むかなど決めていなかった。

「え、えっと。チーズハンバーグで」

「かしこまりました」

そう言って女性は注文内容を繰り返す。一つの間違いもなかった。

料理が来るまでに、話を聞くことにした。

「先ほどの噂なのですが」

水を飲んでいた少年は忘れていたのか。ああ、と言ってコップを置いた。

「オリジヌが、客人がいるって言っていたから、どんな人なのかなーって案内係仲間と話していたんだ。そしたら一人が、オリジヌの家を見張っておくって言って。で、お客さまを見つけたんだ」

「何か得られるものはありましたか？」

見張っていた事実を咎めるように、少しきつく探検少年に尋ねる。

「うん！　もうあったもないも、大ありだよ！」

一体どちらなのか。最後に『あり』と言うのだからきっとあったのだろう。

「あそこの宿、たたんでから客なんて入れたことなかったのに。急にお客さまを入れたんだよ？　何かあったんじゃないかと思ったよ？　しかも報告を受けると女の子！　もしかしたらオリジヌの好みなのかなー？　とか。何か秘密を握られて無理やり泊まらせられたのかなー？　とか。いろいろ疑惑が絶賛浮上中だよ！　初めからお客さまって分かっていたら、もっといろいろ聞いたのにー」

そう言ってバタバタと足をぶらつかせる。

「私に何かご用でしたか？」

「ううん。特にないよ。でもねー、うーん。……でもやっぱり何にもないや！」

何かを隠されている気がしてならないエスポワール。しかし、探検少年が何でもないと言うのだ、聞く方が野暮だろう。

しばらく他愛もない話をしていた。

古代博物館の方の案内係のほとんどがオリジヌに懐いていることや、館長は実はすごく怖い人だということ。きっと何か闇を抱えているよ、と嬉々として話をしてくれた。

「お待たせいたしましたー」

料理を運んできた男性店員は、探検少年の前に大量の料理を置いた。エスポワールの前にも、チーズハンバーグを置いたのだが、テーブルいっぱいになってしまった。

「いっただっきまーす！」

そう言って探検少年はハンバーグに食らいつく。少年らしい食べっぷりになんだかほっこりしてしまう。エスポワールも目の前にあるチーズハンバーグを食べる。作りたて、アツアツのハンバーグは肉汁が溢れ、旨味がすごかった。チーズは味が濃い。けれど肉との喧嘩はしていない。バランスが取れていた。

エスポワールが食べ終わっても、探検少年の前にはまだ食べ物が残っている。それでも二皿は食べ終わっていた。食べる速さは緩めずに食べ進めている。こんな小さな体にどれだけの量が入るのか疑問ではある。

少年が食べ終わるのを待って、エスポワールは彼に聞きたかったことを尋ねた。

「オルディナトゥールさんはどのような人なんですか？」

探検少年は少し唸ってから答えてくれた。

「うーん？　そうだなー。彼が来たのは確か四年くらい前かな？　科学博物館ができた時に館長が連れてきたんだよね。それまで一人だったエリアリーダーが増えて、案内係も二手に分けられて、だいぶ楽になるかなーって思ってたんだけど。まさかエリアリーダーの仲が悪いとは思ってなかったね。まあ、楽になったと言えばなったかな」

「そうなんですか。……それで、どのような人物なのでしょうか」

「なんでそんなに気になるの？」

「えっと……」

なんでと言われても、どうしてオリジヌとそんなに仲が悪いのか、とか。どうすればあんなに楽しく物事を行うことができるのか。いろいろあったが、とりあえず適当に濁す。

「先ほどレジで見た彼が、アイドルのような人気だったので、エリアリーダーというのはそのような存在なのかと思いまして」

「そんなことないよ。本来はね。でもなんかエリアリーダーが増えてから、そんな感じになったなー。今まで家族連れ以外の女性客が少なかったからいいんだけどね」

おかげでお給料も増えたし、と付け足した。

「お待たせいたしましたー。苺のパフェとクリームブリュレです」

「待ってましたー！」

運ばれてきたデザートを目にして、食べる予定のなかったエスポワールも頼んでしまおうかと心が揺らいだ。

彼が一口、パフェを口に運ぶ。

「あ！　そうだ！」

そう言ってスプーンを一度テーブルに置く。

そして、鞄から紙とペンを取り出して、何やら書き始めた。

「はいこれ。よかったら来てみて。普段は誰も入れないいんだけど。多分お客さまなら大丈夫！　オリジヌもきっと喜んでくれるよ！」

エスポワールは渡された紙を受け取った。

「考えておきますね」

その返事を聞くと、少年はまたパフェを食べ始めた。美味しそうに食べる姿をずっと見ていたせいか、少年に食べるかと言われた。エスポワールはそれを遠慮した。

探検少年がクリームブリュレに手を伸ばした時、コンコンッと窓ガラスが叩かれる音がした。音のした方を見ると、オリジヌが怖い顔をして立っていた。

エスポワールは小さな悲鳴を上げた。少年は楽しそうに手を振っていた。

オリジヌは店の中まで入ってきて、エスポワールのいるテーブルの所まで来た。

「何をしているんだ」

「ふりんふぁふぇてりゅ」

もぐもぐと食べながら答える。オリジヌは暢気な探検少年に、怒りを通り越して呆れた。

「はぁ……。お前休憩をとってから二時間経ってるんだぞ」

「あ、本当？　気がつかなかった」

そう言いつつ、クリームブリュレをのせたスプーンが少年の口へと向かう。

「どれだけ心配したと思ってるんだ。それ食べ終わったらさっさと戻って来いよ」

「はーい」

オリジヌはエスポワールに詫びの一礼をしてから、去り際に探検少年に向かって、

「今月の給料は少し引いておくからな」

そう言った。

「えー！　なんでー！」

「当たり前だ。反省をしろ」

　オリジヌは、探検少年をきつく睨みつける。そして店を出ていった。探検少年はオリジヌに怒られてしょんぼりしていた。しかしそれも仕方がない、当然のことだった。


　夜になり、オリジヌの家まで帰ってくると、珍しく、スーツではなく私服に着替えた館長がいた。

「おや、お帰りなさいませ」

「ただいま帰りました。館長さん、今日はもうお仕事は終わりですか？」

「ええ。なぜかわたくしも、客がいるならさっさと帰れ、と言われてしまいましてね。無理やり帰らされてしまいました」

　そこまで言われているとなると、エスポワールも申し訳なくなってしまう。もしかしなくても、仕事の邪魔をしているのでは、と。

　その考えが見抜かれていたのか、館長が優しい声をかける。

「大丈夫ですよ。あなたが気に病むことではありません。わたくしたちが泊まってもいいと言ったのですから。それに、夕食を作っていただいていますし。こちらとしてはかなり助かっています」

「そうでしょうか。それならよかったです」

　エスポワールはそのまま台所へと向かう。

買い出しは済ませた。今夜は肉じゃがにしようと思っている。

作り終わった頃にはオリジヌが帰ってきた。

「つ、疲れた……」

そう言って床に倒れた。

「行儀が悪いですよ。とりあえず着替えてきなさい」

「……倒れた息子に言う一言目がそれ？」

オリジヌは鞄の中に、大量の資料を詰め込んでいた。

彼はのっそりと立ち上がった。

「あ、オリジヌさんお帰りなさい。もう夕飯食べられますよ」

台所から、エスポワールが声をかけた。料理を運んでいる途中だった。

全員の準備が整ってから、食卓に着いた。

じゃがいもは煮崩れもせず、味も濃くもなく薄くもない。ちょうど良く仕上がっている。

「きちんとした煮物を食べたのは久しぶりですね」

「俺がこの間、鯛の煮つけ作っただろう」

「あれは味が濃かったですね。魚の骨も多かった」

文句ばかりの父に、もっと腕を上げようと思ったオリジヌ。

「館長さんはご自分でお作りにはならないのですか？」

「わたくしはもっぱら亡くなった奥さんに任せきりでしたから。料理はあまり得意ではないのです」

『亡くなった』と聞いて、またしても悪いことを掘り起こしてしまったかと心配したが、館長は何も気にしていないようだった。

「あの人確か、煮物苦手なんだっけ」

「ええ。わたくしの周りの方は皆なぜか煮物は苦手でしたね」

そんな、なんてことのないように二人は話すが、エスポワールは館長がどこか心ここにあらずな状態で話しているのではないかと思ってしまった。

一息ついて、もう眠ろうかとする前に、レストランで探検少年から貰った紙切れにもう一度目を通す。

『明日の夜十一時頃に科学博物館の方で秘密の会議があるから、よかったら来てね！

僕は十時半くらいに古代の博物館、土産物店の前にいるからよかったら声かけて！』

と、書かれている。

秘密の会議に一般人が行っても良いものなのかは、はなはだ疑問ではあるが、これはまたとないチャンスだった。

オルディナトゥールに何かいい話を聞くことができるかもしれない。

## *Jour cinque*　―五日目―

早朝にレーヴへの手紙を出した。博物館を回り、夕食を食べて時刻は十時十五分。探検少年がいると思われる、土産物店に着いた。

エスポワールは結局、秘密の会議とやらに参加することにした。何があるかは分からない。邪魔ならすぐに帰るつもりで。

「あ！　お客さまー！」

手をぶんぶん振って探検少年が近づいてくる。

「来てくれたんだ。ありがとう」

「それは良いのですが。何があるのですか？」

お礼を言われる筋合いはないはずだ。

「お二人のピリピリした会議には、一つくらい空気を変えるものが必要なんです」

エスポワールは空気清浄機か何かだと思われているのか。とにかく一緒に博物館の方まで向かう。

場所は車の展示エリア近くにある広場。オルディナトゥールが講演をしていた場所になる。

広場まで移動すると、案内係数人とオリジヌ、オルディナトゥールが既に集まっていた。

広場の中心だけが明るく照らされていた。

「あんた、なんでこんな所にいるんだ」

逸早くエスポワールに気がついたオリジヌが、怪しそうに聞いてくる。

「ぼくが誘ったの」

「お客さまを閉館した館内に連れてくるやつがあるか。この阿呆」

「オリジヌ、阿呆って言うのやめた方が良いよ」

「じゃあ馬鹿だな」

「馬鹿じゃないよ！　また館長に言ってやるからな！」

「はいはい」

オリジヌは呆れながら、懐からお菓子を取り出す。

「そんな君たちは早く、これを持ってその辺を警備してきなさい」

お菓子の袋を貰った案内係たちは、一斉に持ち場へと走っていった。

「本当に言ってやるからな！」

「自業自得という言葉を知らんのか！　さっさと持ち場について見張ってろ！」

探検少年はあっかんべーをして、持ち場へと駆けていった。

「相も変わらず仲がよろしいことで」

「世話が焼けるだけだ。そんなことより」

そう言ってエスポワールに体を向ける。

「やっぱりお邪魔でしたでしょうか」

「別に支障があるわけではないがな。一応館内は閉館すれば関係者以外立ち入り禁止だ」

そう言われるのも当たり前だった。それを分かった上で来ていた。

これは必要なことなのだと、エスポワールの無意識の部分が告げていた。本人には分からないことだが。

それにオルディナトゥールに聞きたいことがあった。彼と話をするにはこの機会しかないと思われた。だから来たのだ。

オリジヌが険しい表情をしていると、眩い光がエスポワールとオリジヌを照らした。

そちらを向くとオルディナトゥールが既に準備を終わらせていた。

「一度くらい良いのではないですか。たまには空気を入れ替えなくてはいけませんから」

やはりエスポワールは空気清浄機らしい。

ただ、押しかけるように来たのだから、そのくらいの扱いは気にしない。

「まあ、新しい意見が欲しいところだったからいいか」

「頭は柔軟に使わなければね」

「うるせえ」

スクリーンに近づくオリジヌは、エスポワールを手招きする。

二人がスクリーンの前に立つと、準備が整ったことを確認したオルディナトゥールがさっそく話を始める。

スクリーンに映し出された文字は『機械化計画』。

これを見たとたんにオリジヌの表情が険しくなる。

「お前、それは飛躍しすぎだ。第一、今までの話はどうした。徐々に、景観を保ちつつで話を進めていただろう」

「まあ落ち着いて。一度話を聞いてください。僕たちは今まで、この町の景観について会議を行ってきました。ここ数十年で変わってきたのは、中央棟の外観のみ。住民の皆さまはずっと木造住宅住まいで、不便な日々を過ごされている。もう少し快適で、過ごしやすい町作りをしてもよろしいかと考えております。それにはすぐに取り掛かることが大切かと思いますが。どうでしょうか」

「それをしてちょっとした暴動が起こったのを忘れたのか」

「何かありましたかね？」

「大型スーパーマーケットを作った時に、たくさんの反対意見があったにもかかわらず、お前は押し通しただろう」

「それが何か？　皆の考えがどうであろうと、楽になるのならばいいのではないでしょうか？」

「馬鹿も休み休み言え。ここは古き町並みを皆で守ってきたんだ。それでも少しずつ機械にシフトしていってはいるが、それでも今までの景観は護っている。それが俺たち、ミュゼに住むほとんどの者の意見なんだ。いきなり何も考えずに機械の町にするなど賛成する者の方が少ないだろう」

　次々と言葉が飛んでいく。話し合いというよりも考えの押し付け合い。

「第一、そんなこと館長が認めない」

「館長が認めずとも、僕はやってみせますよ」

「上の許可は必要だろう」

「若い者には決定権がないと？」

「そんなことは言っていない。根本的な話だ。俺たちには上司がいる。全てを決める者がいるんだ。俺たちが若いからということで収まる話じゃあない」

「では、私が勝手に事業を進めて成功させてもいいのでは？」

「お前、また言葉が分からなくなったのか。お前が勝手に事業を進めたところで、上の人たちが許可を出さない限りは何も進まない。ミュゼではそういう方針になっているんだ」

「馬鹿馬鹿しい」

「それで統率しているんだ。お前みたいなのが出てくるからな」

　二人はヒートアップして、そろそろ罵詈雑言が飛び始めるのではないかと思うほどに、声が大きくなっていた。

　エスポワールが入る隙などない。

　オルディナトゥールはずっと冷ややかなガラス球のような瞳でオリジヌに対抗している。講演している時とは違う。熱など持っていない。情熱などどこにもないような瞳をしていた。

　エスポワールはそれに恐怖を覚えた。

　白熱する口論にエスポワールの戸惑いが大きくなる。これでは話が進まない。

「あ、あの！」

　どうにか一度止めたいと大きな声を上げた。

　すると二人に届いたのか、エスポワールの方を見る。

「そんなに言い合っているだけでは何も進みません。一度冷静になって話し合いをしましょう？」

　柔らかい芯のある声で言う。

　すると二人は、バツが悪そうにそれぞれ目を逸らした。

「そうだな。これじゃあ話し合いにならない」

「そうですね。しかし考えは変えません」

「まだ言うか」

　オルディナトゥールは再び話を始めた。

「お客さまはこのような場合、私とオリジヌのどちらの意見をお取りになられますか？」

　急な投げかけに少し考える。事業計画者ならば、急ぐ気持ちもあるのかもしれない。

　それでも住民として考えると、急に町の様子が変われば、今まで大切にしてきたものが壊されたと思うのかもしれない。

実際エスポワールも、モー・ガールにある、あのレンガの駅舎がなくなってしまっては悲しい。歴史のある駅舎。潰してほしくはなかった。

「私は、今の町を壊してほしくはないと答えます。もちろん町が便利になれば。不自由がなくなればいいなとは思います」

「では……！」

「それでも私は、便利でも不自由でもない今を望みます。今も昔も捨てきれない今を生きていきます」

それを聞いてオルディナトゥールは眉をしかめた。

「しかし人間は今を嫌う。何かにつけて今以外の世界を望む。未来に思いを馳せては今を捨て、過去を否定する」

「めちゃくちゃなのは分かっています。でも人によって違いますから」

オルディナトゥールは黙ってしまった。俯いて何かを考える素振りをする。

「しかし。やはり、機械に勝るものなどありません。古の物を侮辱するつもりもありませんが、それでも僕は先を目指します。変えていきます。今よりももっと」

「お前、意外と強情だな」

「ゆっくり進んでいけばいいのではないのでしょうか？　今の町は調和が取れていると思います。機械が人間の生活に溶け込んでいるのですから」

オルディナトゥールは歯を食いしばった。

「私は今すぐにでも実行に移したいんです！　もうこんな箱の中にいるのは嫌なんです！

実行に移して、彼らのプログラムを成功させなければ！」

顔を上げて狂気の目を見せる。そして、腕を伸ばして何か行動を起こそうとした。

――シュッ！

一瞬のことだった。何が起こったのか分からない。

エスポワールとオリジヌの体の間をすり抜けて、何か細長く冷たいものが通っていった。

それを理解するのには時間を要した。

目の前にはもう何もなかった。その代わりに視線を下へ向けると、何かが倒れていた。

それは、オルディナトゥール。彼の胸に矢が刺さっていた。

「オ、……オルディンさん！」

事態をすぐに飲み込んで声を上げたのはエスポワールだった。

彼女はオルディナトゥールに駆け寄り、すぐに彼の状態を確認する。

胸に刺さった太い矢、生気のなくなった瞳。血は流れておらず、体は小刻みに痙攣している。まるで機械がショートを起こしているように。

「これって、もしかして……」

彼が何者なのかに気がついた。エスポワールは失礼だと思いながらも、彼の顔に触れる。

人間のように柔らかくは見えるが、触れれば『それ』であると気がつくほどには硬かった。

しかし、いつの間にかエスポワールの目には涙が浮かんでいた。

いきなり目の前の人に矢が刺されば、恐怖を覚える。それが今の今まで話をしていた者ならばなおさら。

「……お、客さま……」

「っ！　オルディンさん！　よかった、まだ意識があるのですね」

「ああ、……CPUからは……ッ、外れたみたいだ」

息を吹き返したオルディナトゥールにエスポワールはひとまず安心した。

「しかし、この矢はどうしたらいいのでしょうか。抜いてもいいのかどうか……。オリジヌさん」

オリジヌに助けを乞おうと、二人をずっと見下ろして固まっている彼に声をかけた。しかし反応がない。もう一度大声で呼ぶと、オリジヌは我に返って肩を震わせた。

エスポワールとオルディナトゥールの傍らで屈みこむ。

「はは……なんて顔をしているんだ。あんたは僕が憎かったんだろう……。ここで私が死んだって……」

バチバチとショートする体を見て、何とも言えない顔をしているオリジヌに声をかける。

「オリジヌさん。この矢は抜いてもいいのでしょうか」

エスポワールの目線の先にある矢を見て、オリジヌは絶望と疑いの顔色を見せた。

「これは……」

「何かありましたか？」

オリジヌの異様な様子にエスポワールは顔を上げる。

「これは、あの人の矢」

「あの人？」

「あまりこんなことをしたくはなかったのですがね」

矢の持ち主の名を告げようとした時、博物館の中からカツッ、カツッという靴音が聞こえてきた。

エスポワールはオリジヌ越しにその相手をわずかに見ることができた。オリジヌの顔色がだんだんと疑いの色から怒りの色へと変わっていく。

「あなたはなんてことをしてくれたんだ。館長」

彼はどんどんエスポワールたちに近づいてくる。

「勝手なことをするからこうなるのです。わたくしが気がつかないとでも思っていたのでしょうか。オルディナトゥール」

館長の手にはボウガンが握られている。隠す気もない。

「オルディナトゥール。暴走するから夜は寝ていなさいとあれほど言っていたでしょう？ヒートするのですから。しかし、あれだけの計画を立てていたことを知った時は、わたくしは驚きました。どこで設定を間違えたのでしょうか」

淡々と話を進める館長に、オリジヌたちはついていけない。

「一体何の話をしているんだ。第一、こいつは何者なんだ」

「何と言われましても。見ての通り機械です。機械人間。わたくしが一から全て作り上げたのです」

それはオリジヌすらも知らないことだった。

「オリジヌと仲違いするように設定したのが、このように裏目に出るとは。もう少し調整が必要でしたかね」

「なんでこんなことをしたんだ」

オリジヌは恐怖と怒りで拳を握る。

「最近変な報告が相次いでいるのですよ。ロボットたちの行動がおかしい。暴力を振るわれた。様々、本当に様々な報告が相次いでいるのです」

館長は、倒れているオルディナトゥールを蔑むように見下ろす。

「そのロボットたちを指揮していたのが君だったとは驚いた。なぜそんなことをしたのですか」

オルディナトゥールは、矢の刺さった体を起こして立ち上がる。痛みはない。痛覚は搭載されていない。オルディナトゥールは、虚ろな目で館長を見やる。

「私をこのように設定したのはあなたでしょう」

「わたくしはオリジヌと仲違いするようにと、プログラムを組んだだけです。町の景観を損ねるようなことをしろとは、設定していません」

「こうするのが一番の近道だと認識いたしました」

「わたくしに背くことはするなと書き込んだはず」

「それよりもオリジヌのことの方が優先順位が高かったので」

「そんな建前、わたくしに通用すると思っているのですか。君はただその命《めい》を利用しただけでしょう」

　二人の淡々とした話し合いに、オリジヌはついていけない。

「オリジヌは、どうして自分の名前が出ているのか、訳が分からないという顔をしていますね。知りたいですか？」

　知りたい。しかし知りたくない。知らないところで一体何が起こっているのか。オリジヌはただただ知りたい欲が勝っていく。

　そしてついに頷いた。

　次の言葉は、オリジヌを殺すに値するものだった。

「わたくし、実はあなたのこと、大嫌いだったのですよ」

「…………？」

　声が出なかった。

「わたくしに子供がいたことは知っていますね？」

　オリジヌは重たい頭を頷かせる。

数十年前、館長は妻と幸せに暮らしていた。彼女は元気な男の子を産んだ。ただ彼女には持病があり体が弱かったせいで、子供を産んでから亡くなってしまった。それでも友人であったある夫婦が協力してくれて、なんとか若かりし館長は仕事と生活を充実させていた。

運命が動いたのは、その友人夫婦にオリジヌが生まれてからだ。オリジヌは生まれた頃から体が弱かった。内臓の一部に問題があった。

両親は自分たちの内臓を息子に、と言ったが、大人のものでは移植がかなわなかった。内臓は、オリジヌが成長するにつれて弱っていった。ベッドから下りられずに、意識もしっかりしない。そんな日々が続いた。

やがてオリジヌが手術ができる年齢になって、声を上げたのは館長の息子だった。弟のような存在のオリジヌにどうにか元気になってほしかった。一緒に遊びたいと思っていた。だから自分の内臓が役に立つなら、と父親である館長を説得した。

必死な息子の願いに、館長は折れるしかなかった。

数十時間の手術の末。移植は成功した。成功はしたが、数週間後に異変が起こった。オリジヌが苦しみ始めた。手術の際に不備があり、術後、移植した内臓がダメになったのだ。すぐに新しい手術をしないと助からないと言われた。すると館長の息子がまた名乗り出た。そんなことをしてしまえば命がなくなってしまうと言い聞かせたが、それでもいいと言い切った。そして手術が行われた。

「当時、出張で不在にしていたわたくしはそう伺っております。しかし、そんなことはあり得ない。信じない。わたくしの息子がそんなことをするはずがない。オリジヌ、あなたの両親が押し切ったに違いないのです。でなければ、息子が命を落とすなどあり得ない」

オリジヌの頭がパンクしそうになっている。

何もかもが知らない話だった。覚えていないほど体の状態が悪い幼い時の話だった。

「そ、そんなの、知らない。俺、体が弱いなんて」

「それも無理はないですね。ずっと病院のベッドで寝ていたのですから。意識がほとんどない状態で」

「でもオリジヌさんのご両親が押し切ったなんて。そんなことどうして言えるのですか」

エスポワールの質問に館長は怒りを露わにする。

「あの人たちは、わたくしから何もかもを奪っていく。自分たちが良ければいいという人たちなのです。わたくしの事業も奪っていく。今の中央棟の木造建築がそうですね」

「だからって人間の命までは取らないですよ」

エスポワールがそう言う。どんなに自分勝手でも、自分の子供が死に晒されていたとしても、誰かの命と引き換えにするようなことはしないだろうと。

「では、オリジヌが元気になって、息子が死んだことにどう理由を付けるのですか。彼らは、わたくしの息子は移植手術を終えて退院する帰りに事故に遭ったと言っていましたが、それはあり得ない。どこを調べてもそんな情報はなかった。本当に。一か月の出張を恨みますよ。わたくし自身も、あなたのご両親も、病院の先生もね」

「じゃあ俺の中には、館長の息子の一部があるのか」

「そうです。そして君は生きて、息子が死んだ。だから、わたくしは君のその息子の内臓を愛していた。でもね。君が成長するにつれて君にも愛情が湧いてきた。もうわたくしの感情はめちゃくちゃですよ」

聞けば聞くほど自分勝手で、訳が分からない。親とはそういうものなのか？　親になったことのないエスポワールには分からない。

機械人間を作って困らせたいくらい憎くて堪らない。それでも愛して生きていたい。一時は殺したいとも思ったが、息子が生きていた証がなくなるのが怖かった。息子だけではない、オリジヌにも生きていてほしいと思うようになってしまった。しかし思えば思うほど、自分の息子と重なって辛くなる。だからせめてもと、他人行儀に接した。それが精いっぱいだった。

「そうか。でも俺の思いは変わらない。……それに、オルディナトゥールは無関係じゃないか。どうして撃ったんだ」

今はまだ頭の整理は追いつかない。それでもそれだけは聞いておきたかった。

「今の彼の計画を聞けば分かるでしょう？　この町を壊してほしくないのですよ。わたくし、変化は嫌いなんです」

「だったら機械なんだから停止させればよかっただろう。撃つ必要はどこにもない」

それはエスポワールも思ったことだった。それをなぜ……。館長の返答は早かった。

「止めたところで彼は止まらないんですよ。何かあってもいいように、そう設計しましたから。

彼の中には、ここの機械を司るモノの一つが入っているのですよ。先ほど町の機械がおかしくなっているというお話はいたしましたね。それがですね、調べたところによると指導者は彼だったのですよ。まあ、ちょっとした暴走ですね。最近ヒートをよく起こしていましたから、そろそろ寿命かと思いまして。壊すにはちょうど良いですね。因みに、彼の情報を司るモノが先ほど言っていた『ＣＰＵ』ですね。そこを壊せばミュゼの中枢を管理する機械以外は全ての動作を止めます。しかし残念でした。少し外してしまいましたね」

館長は笑顔で言う。しかしすぐに険しい顔つきになる。

「それに先ほど手を上げた時に、あなた、この建物の天井を突き破って町の機械たちに何か指令を出そうとしていましたね。そんな機能を搭載した覚えはないのですが」

今度はオルディナトゥールの表情が険しくなる。

「管理しているわたくしが気がつかないとでも思っていたのですか？　生まれて七年でよくここまでやろうと思いましたよ。いえ本当に、よくやってくれましたよ」

館長は感心しているが、どこか呆れていた。

「僕はこの町を機械の町として発展させていきたい」

「それは身勝手な考え方ですね。わたくしの許可が下りるとでも思っているのですか」

「それが夢で野望です」

「ただの機械人間がそこまで言いますか。この町をここまで仕上げるのに長い年月を費やしたというのに。あなたの身勝手な夢が叶うと思っているのですか。やはり感情を持ったのがいけなかったのですかね」

「でも館長さん。昼間のオルディナトゥールさんは、どう見ても人間で、企みを持っているようには見えませんでした」

「機械なのですから、その辺りはお手のものでしょう。目に見える部分だけで判断なさらないことですね。しかし先ほどはCPUを撃ち抜くつもりでいましたが、せっかく外したのです、おとなしく付いて来てくだされば、あなたを残したまま暴走部分だけを切り取りましょう。あなたはあなたとして生きたままになります。それが無理なら……残念ながら、初めのオルディナトゥールはここで終わりです。あなたはお客さまからとても好感度が高いので、ここで終わらせるのはこちらとしても惜しい」

ボウガンを握りながら、じりじりと館長がオルディナトゥールに詰め寄る。

「ミュゼの町の主題は何か分かっていますね？　調和ですよ。人間と機械の調和。どちらがでしゃばりすぎてもいけない。古き文化を護り、新しい文化を取り入れる。そんな調和を取れる町なのです。それなのに、あなたの一存で勝手なことはできません」

エスポワールは、異様な空気に動けない。オリジヌは何があってもいいように、オルディナトゥールに詰め寄る。

その時、一つの暢気な声が場の緊張感を破った。

「オリジヌー、もっとお菓子ないー？　食べ終わっちゃった。……あれ、館長？　何この空気。もしかしてお邪魔だった？」

探検少年がずかずかと近づいてくる。

三人の視線が少年に集まる。

エスポワールと館長はすぐにオルディナトゥールに視線を戻す。

「お前、見張りはどうした」

「だってお菓子なくなっちゃったんだもん」

空っぽになった袋を振って見せる。

「ところでなんで館長はボウガンを持っているの？　新しい講演の練習？」

「……そうですよ」

感づかれないように嘘をつく。

館長はオルディナトゥールから視線を外した。

現実に引き戻されたのはエスポワールの叫びを聞いてからだった。

「オルディンさん！」

彼女はすぐに逃げた彼を追いかける。

「チッ！　待ちなさい！　オルディナトゥール！」

そう言って館長がボウガンの矢を放つ。

矢はオルディナトゥールの腕を掠めて壁に刺さった。オリジヌと館長も走っていく彼を追いかける。

一人残された探検少年は茫然としていた。

オルディナトゥールは科学の博物館を駆け抜けていく。どこまで行こうというのか。走りに迷いがない。

「あいつ、どこまで行く気なんだ」

「このまま外に出られるのは厄介ですね」

と館長が呟くが、オルディナトゥールが外に行く気配はない。

館長はある場所へ先回りするようにオリジヌへ指示を出す。エスポワールは館長とオルディナトゥールを追いかける。

オルディナトゥールは階段を駆け下りた後、館長も知らない横道へと曲がった。

「こんな道、いつの間にできたんだ」

館長とエスポワールはそれに続く。

オルディナトゥールがたどり着いたのは中央制御装置室。扉の前で長いパスワードを入力する。

オートロックが解除されたところで、オリジヌが追いついた。

「な!?　なんでこんなに早いんだよ！」

急いでオルディナトゥールを掴もうとするが、先に部屋に入られた。扉が閉まる直前で足を入れたおかげで、扉が閉まることはなかった。

　中央制御装置室に入るとオルディナトゥールが大画面の前に立っていた。

　エスポワールと館長も追いついて入ってきた。

「オルディナトゥール、ここに来たということは、直したいという意志でいいのですね？」

　そう言いながら館長は念のためボウガンを構える。今の彼は何をするのか分からない。

「館長、私はあなたに感謝しています。ここまで造り上げてくれたのですから。私のことを全て分かっているつもりでいるあなたに一つ、誰も知らないことをお教えしましょう」

　館長だけでなくオリジヌも、エスポワールにも緊張感が走る。

「君を作ったのはわたくしなのですよ。全ては分からずとも君の内部を見れば一日どこで過ごし、何をしていたかのかは分かります」

　館長は、全てを知っている、とオルディナトゥールを睨みつける。すると彼は大声で笑いだした。オリジヌとエスポワールは、狼狽える。

「何がおかしい」

　館長は凛としたまま視線をオルディナトゥールから離さない。

「おかしいですよ。確かに私は、あなたが一人で作り出した。何十年も前から科学のエリアリーダーにして、あなたのぐちゃぐちゃな心を落ち着かせるために、オリジヌと喧嘩するように設計された機械人間です。しかしそれ以外にもう一つ、いや、二人ですかね。この中にいるんですよ。彼らが、私のＣＰＵにウイルスを仕込んでいたことが、ここ二年ほどで分かったんです」

「何の話をしているんだ」

訳の分からないオリジヌは疑問の言葉を発した。

「では一言で言いましょう。私の根本にはオリジヌの両親が残した、ミュゼを機械の町にするという野望が刻み込まれているんです。先ほどの夢ですがね、あれは私のものではありません。オリジヌの両親のものです」

三人は訳が分からずに頭を捻る。

「彼らは館長より先に私を作ろうとしていたんです。データだけをね。彼らは、館長が機械人間を作ることを知っていた。だから完成したデータをあなたが作っていたＣＰＵに忍ばせておいた。自分たちの計画が成功するように。何か起こってもあなたのせいにできるように」

そこまで聞いて館長は言葉を失った。

「……それが本当ならば、あの人たちはどこまで性根が腐っているのでしょうか」

オリジヌの両親は自分たちの計画がうまくいくようにと、数十年後に館長の作った機械人間に、全てのロボットを操る役割をするように、暴走するように、ウイルスを仕込んでいた。

すぐに暴走しなかったのは、館長の腕が良かったからだろう。

ウイルスに屈するよりも館長の命を優先した。博物館の方が優先度が高かったのだ。

「わたくしの目と手を掻い潜るウイルスには興味はありますが。それは後です。さあ、こちらに来なさい。あなたのそのウイルスを除去いたします。元のあなたのまま。綺麗さっぱりさせますよ」

そう言いつつ近づいても、館長の手はボウガンを握ったまま。

「ボウガンでは壊れませんよ。僕のＣＰＵがどれだけ小さく硬いか、あなたは知っているはずです」

ＣＰＵは人間で言うと、心臓や食道の辺り。蟻のように小さい。ボウガンで確実に射貫くのは難しい。現に先ほどは外した。刺さったとしても壊れるか怪しい。

内部にあるせいで、確実な場所も分かりにくい。

「私のことを分かっているあなたならば、このことも分かっているはず」

オルディナトゥールは、背後の制御装置を指差す。

「先刻ですがね、時間がなくて今は部下にプログラムを任せています。これがまた複雑でしてね。時間がかかりそうです」

オルディナトゥールが一つ指揮を出せば、すぐにでも町のロボットたちは動き出すだろう。今の世界が壊れて機械の生活が始まる。

住民に危害を加えるようなことはないだろうが、それでも混乱は訪れる。機械に支配された機械の国。それは果たしてオリジヌの両親が望んだことだったのか、オルディナトゥールが望んだことなのか。

エスポワールは彼に少しずつ近づいていたが、気づかれないはずがなかった。

「申し訳ないですお客さま。あなたを巻き込んでしまいました。ですが、あなたはここからいなくなる身。そこでおとなしくしていてください」

「そんなことできません。私、あなたにお聞きしたいことがあるんです」

「なんでしょうか」

オルディナトゥールは客に対する笑顔を作る。

「私オルディンさんの講演を聴いたんです。とても楽しそうで、豪華客船のことを知ってほしいという熱意が伝わってきたんです。どのようにしたらそのように楽しそうに熱意を伝えることができるのか。私は、分からないんです。だからオルディンさんに聞きたかったんです」

「なるほど。分かりました。ですが僕は機械人間。そのようなものはありません。残念ですが、あなたのご期待に沿えるような答えはできません」

オルディナトゥールは腕を高く上げる。

「これ以上話すことは何もない。このスイッチを押せば全てがこちらのものになる！」

そして振り下ろす。

「やめろ！」

止めようとオリジヌとエスポワールが走りだす。

「オルディン！」

館長が叫ぶ。

オルディナトゥールは全てがうまくいったと思った。

バンッ！

ドシュッ！

同時に異なる音が鳴った。

オルディナトゥールはスイッチを押し、館長は矢を放っていた。

何も起こらない。何かが起動した音もしない。電源が落とされたわけでも、地上で何かが暴れているわけでもない。

ただ少し遅れて、ガシャン！　という音だけが聞こえた。

そこにはオルディナトゥールが、力なく頽れている姿があった。胸には二本の矢が刺さっていた。

「オルディンさん……」

エスポワールはがくんと膝をついた。

「オルディナトゥール……」

オリジヌの声も消え入るようだった。

館長は動かなくなったオルディナトゥールに近づいて、矢を抜いて横に寝かせる。

ショートして内部が見えていなければ、人間そのものだった。穏やかな顔をした青年がいた。

「館長、こいつは……また作るとしても、同じこいつになれるのか」

「それは無理です。ＣＰＵを壊しましたから。彼の記憶は脳とＣＰＵの二つにあります。一つは人間として生活できるように設計した記憶。もう一つは今まで彼が動いてきた時に刻まれた記憶。動いていた時の記憶はＣＰＵに刻まれます。ですから、また同じ外観を作っても中身は別人になるでしょう」

「そんな……。どうにかできないんですか」

　エスポワールがオルディナトゥールと過ごした時間は短い。それでも科学が好きで歴史が好きで、キラキラ輝いていた彼に戻してほしかった。たとえ客と職員という立場でも。皆に愛された職員だった。それに聞きたいこともある。

　しばらくしてから館長が口を開いた。

「データを復旧させることができればいいのですが。保管していた機械もオルディンに支配されていたとなると、難しいでしょう」

「そんな。……あの！　私にできることがあるのなら教えてください。私こんなところで彼に死んでほしくありません」

　必死なエスポワールに、館長は心配そうな顔を向ける。

　一向に口を開かない館長に痺れを切らしたエスポワール。

「館長さん。これは私のわがままです。命以外のもので、私に差し出せるものがあれば差し出します」

エスポワールの瞳の強さは本物だった。

全員が押し黙っていると、エスポワールの時計が光り始めた。それは眩いくらいの力が発せられていた。懐中時計の蓋を開けてみると、橙色の石が光っていた。

「エスポワールさん、それは一体……」

「私の記憶の石らしいです」

「記憶の石。これが死神の力となるもの」

「え、なんですか、それ。だってこれは私の記憶が入ったもののはずでは」

そこまで言ってエスポワールは頭を振る。

「今はそんなこと言っている場合ではありません。館長さん、これを使ったら元に戻すことはできるのでしょうか」

「駄目だ。それはあんたには今一番大切なモノのはずだ。こんなところで使ったらどうなるかも分からないのに」

オリジヌが必死に止めようとする。

「それでも！　私は目の前で死んでほしくはありません。……どうにかしたいんです」

再び沈黙が訪れる。

バンッ！　と扉の開く音が沈黙を破った。

「館長！　町のロボットたちが全て停止しています。それに店や中央棟までもが停止しました」

そう告げたのは、オルディナトゥールと共に機械の対処にあたっていた職員だった。

「分かりました、すぐ行きます。オリジヌ、オルディナトゥールを家まで運んでください。エスポワールさん、明日家で話をしましょう」

それだけ伝えて中央制御装置室から出ていった。

## *Jour six* ——六日目——

今日は朝から黒服の集団を見かける。

死神だ。中央棟が全停止したために死神が駆けつけたのだ。

滅多に見ることのない死神の姿に恐怖を感じた住民は、誰も家から出てこない。住民だけではない。観光客すらも宿から出てこようとしない。

昼になっても館長が帰ってくることはなかった。オリジヌも朝から慌ただしくしていたが、彼は昼には帰ってきた。エスポワールは今、横たわっているオルディナトゥールの躰を挟んで二人で向かい合っている。

「それで、どうすればいいのでしょうか」

戻ってこられない館長からオリジヌが伝言を預かってきた。記憶の石をどうするかだ。

「記憶の石には力が宿っているらしい。死神が欲しがるくらいだ、相当な物なんだろうな。

その力は主人のモノに比例するらしい。記憶の石には本人の記憶が詰め込まれている。主人を導くためにな。でもその力っていうのが噂とか伝承とかそんな根拠がないものだそうだ。だから……どうするかはあんたに任せるとさ」

館長の言葉は無責任に聞こえるかもしれないがエスポワールが言い出したことだ、それが一番いいのかもしれない。

エスポワールは懐中時計を取り出す。その中でひときわ輝く橙色の石を選んだ。

「ごめんなさい、エクランさん。お願いします」

そう言いながら、シネマという町で出会い、この石をくれた映画監督のことを懐かしく思い出した。

エスポワールは記憶の石をオルディナトゥールの胸に持ってくる。すると石が輝きだして、二人の目を眩ませる。

光が収まった頃、目を開けると、石のあった場所に、小さなメモリのような物が代わりにあった。

「これは……」

それをエスポワールは手に取る。

「それがCPUだ。そいつのこれまでの記憶が詰まったCPU」

「こんな小さなものに？」

「データって膨大でも形がないものだから入るんだ」

オルディナトゥールのCPUは元に戻ったが、躰はピクリとも動かない。

「この躰は元に戻るのですか？」

「すぐ直るよ」

「本当ですか？」

「ああ。ボウガンの矢が二本刺さったとはいえ、二本とも心臓は外しているだろう？　心臓周りのパーツを取り換えて蓋をして服を着れば分からない」

一安心するエスポワールに、オリジヌが質問を投げかける。

「あんた、なんでそんなにこいつのことを気にかけるんだ。知り合いだったたっていうわけじゃないだろう？」

なぜと問われて考える。考えるが、それらしい答えは出てこなかった。

「どうしてかは分かりません」

オリジヌは頭を捻る。

「でも、生きていてほしかったんです。それにこの町並みが好きになったんです。どちらもなくなってほしくなかった。だから私のできることをしたかったんです」

エスポワールはオリジヌに微笑みかける。

「そうか。何があっても行動できるやつってのはすごいな。俺もあんたを見習ってみるよ」

どういうことか分からず、エスポワールは首を傾げる。

「父さんと話すよ。今まで幼い時のことなんて気にかけてこなかったけど。俺の両親がどんな人であったとしても、その人たちは両親だからな。受け入れていくよ」

「受け入れられなかった時は、どうするんですか？」

エスポワールからの思わぬ問いに、オリジヌは目を丸くする。

自分の問いの鋭さに気がついた彼女は、急いで謝る。

「あんた、すごいことを聞くな。でも、そうだな。その時は、別にいいかな」

「どういうことですか？」

「だって今の俺には父さんがいるし。職員もお客さまもいるだろう？　だからいいんだ。受け入れられなくても。それに父さんは俺のこと『嫌いだった』んだ。だったってことは、今はそんなことないってことだろう？」

「そんなものですか？」

「きっとそうさ。だから大丈夫。味方はどこかにいるんだ。自分が知らないだけでな」

それは遠くかもしれない。近くかもしれない。けれど一度関係ができてしまえば、それは縁だ。いくら仲が悪くても話くらいは聞いてくれるかもしれない。

## *Dernier jour*　—最終日—

この日も死神がうろついていた。博物館も開いていない。町は静まり返っている。

今回の騒動のお詫びとして、客には宿代を支給、住民には働けない分の給料が支払われることになった。他にも支障が生じている者は館長に直談判を申し入れる。

エスポワールにとってはどちらも関係がなかった。ただ、それでもよかった。

たまにはゆっくりと誰かとおしゃべりをするのも、彼女にとっては大事な時間だった。

## *Date de départ*　―出発日―

博物館は三日間の休館を経てこの日から再開するらしい。

町には未だに死神がうろついていた。それでも数は減って、中央棟に五人ほどしか残っていない。

エスポワールはオリジヌと探検少年と一緒に駅に来ていた。

たとえ死神が来ていようと列車は動く。

「一週間ありがとうございました。かなり勉強になりました」

「それならよかった。悪かったな、俺たちのいざこざに巻き込んでしまって」

「いえ、そんな。あれは私が閉館後に行ったのが悪いのですから、謝らないでください」

「でも、あんたのおかげでいろいろ分かったし、あいつも元に戻るだろう。ありがとう」

「お客さま、また来てね！」

探検少年が元気よく跳ねる。

「はい。また来ますね」

エスポワールは少年に目線を合わせる。

オリジヌは彼女の言葉に眉尻を下げ、すぐに悲しそうな表情を見せた。

「あ、そうだ。聞きたいことがあったんだ」

「なんでしょうか」

エスポワールは立ち上がり、オリジヌに向き直る。

「あんた、エクランに会ったことがあるのか」

「ええ。シネマでお会いして、映画に出演させていただいたんです。オリジヌさんも知り合いなのですか？」

「ああ。何度か展示品のレプリカを貸したことがあってな」

「あの美人さんですよね？　ぼく、あの人の映画好きなんですよ。迫力があって、情熱が伝わってきます。脚本も素晴らしいですよね。それに監督本人もとても清楚で、髪の毛さらっさらで、まさにお嬢さまという感じでした」

少年が尊敬の眼差しで語る。

エスポワールは、少年の言う容姿に違和感を覚えた。

「あの、その話は何年前の話なのですか？」

オリジヌと探検少年は、顔を見合わせた。

「確か、彼女が新人賞取ってから数年は付き合いがあったな」

「それ以降はありませんでしたね。ぼくは一度しか会っていませんけど」

「最近俺も忙しくて、そっちも行ってなかったからな」

「お客さん増えましたからね」

エスポワールは合点がいった。彼らはエクランが変わってからは会っていないのだ。

「彼女、不思議な子でさ。なんかこの世の全てを知っている、みたいな感じで。死神を嫌っているみたいだったな」

「死神を好きな人っているんですかね？」

「そんなの、モノ好きだけだろ」

オリジヌと少年は笑い合った。そして神妙な顔つきで辺りを見渡す。

余計なことは口走らないと決めたばかりなのに、とオリジヌは溜息をもらす。

話を変えようとオリジヌは咳払いをする。

「まあ、今回はこっちも世話になった。俺はもう少し科学に寄り添ってみるよ。科学苦手なんだけどな。しばらくはエリアリーダーを兼任しないといけないし」

そんな話をしていると、ポーッと列車の汽笛といつもの放送が鳴った。

「私もう行きますね。このたびは本当にありがとうございました」

「何かあれば、すぐに連絡してくれ」

「来てください、だよ。もしくは駆けつける。ね、オリジヌ」

「……どっちでもいいだろう」

「あ！　ちょっと間が空いた！　オリジヌったら恥ずかしがってる！」

オリジヌは少年を睨みつける。

「またど突かれたいのかお前は」

拳を出すと少年はエスポワールの後ろに隠れる。

「お客さま、オリジヌが怖ーい」

「こら。もう列車が出るんだから戻ってこい」

少年は素直にオリジヌの方に戻っていく。

エスポワールはクスクスと笑う。

「オリジヌのせいで笑われちゃった」

「どの口が言う」

オリジヌが少年の頬をつねる。

「ふふふ。本当に仲が良くて、羨ましいです」

オリジヌは恥ずかしくなって、少年から手を放す。そして背筋を伸ばして、エスポワールの目を真っ直ぐに見る。

「それではお客さま。このたびはミュゼへのお越しをありがとうございました。これからのあなたの旅路にご幸運があることを祈っております」

「またのお越しをお待ちしております！」

少年もピシッと背筋を正す。

「はい、また来ます。オリジヌさんも案内係さんもお元気で」

笑顔でそう言った。そして列車に向かう。

「あ！　エスポワール！」

オリジヌが大声で止める。

「大事なもの忘れてた。これ。今エスポワールに一番必要なもの」

そう言って灰色の石を手渡された。それは記憶の石。彼女にとって大切なモノ。

「ありがとうございます。では、行ってきます」

「ああ、行ってらっしゃい」

エスポワールが列車の席に座ると、再びポーッと汽笛が鳴った。

そして列車は動きだす。極端に人の減った列車は宇宙《うみ》へと旅立つ。

オリジヌと少年が手を振ってくれている。

エスポワールは手を振り返す。

彼らに幸多からんことを。そう祈りながら——。

# 0-4　父の言葉

誰かの役に立ちたかった。

『いいかい？　困っている人がいたら積極的に手助けをしてあげなさい』

『助けたら何かあるの？』

『もちろん。それは全て君の力になるよ。それに、みんなきっと喜ぶ』

『本当？』

『ああ。本当さ』

『じゃあじゃあ、お父さまは何か困ったことってない？　私いつでも助けるよ』

『本当かい？　それは嬉しいな。でも今のところはないかな』

『いつでも私を頼ってね！』

『ありがとう。僕の可愛い娘』

それが最後の会話だった。

父は忙しい人だった。なかなか会えない日が続いた、母と喧嘩もしていた。それでも二人とも大好きだった。

次の日、親友から助けを求められた。彼女は辛そうだった。たった一人の親友は必死に助けを求めていた。目の前で困っている彼女を助けたかった。でも怖くて逃げ出した。

『親友だよね？』

彼女はそうよく聞いてきた。きっとそれは、何があっても助けてくれるよね、という確認だったのかもしれない。

家に帰ってきた少女は、やけに暗い家を不思議に思いながらリビングまで足を運ぶ。部屋は散らかり、母が台所で何かを呟きながら、何ものっていないまな板を包丁で叩いていた。

『どうしたの？　お母さま』

母に声をかけると、死人のような顔をして娘に振り向く。そして抱きつく。力強く。

『大丈夫。あの人がいなくたってやっていける。この子は私が立派に育てるんですから』

抱擁はとても痛かった。苦しかった。

しばらくして、両親が離婚したのだと分かった。

＊＊＊＊＊

列車に乗って数時間。エスポワールは、同乗者となんてことはない話を繰り広げていた。

目の前に座って楽しそうに話しているのは、栗色のショートヘアが似合う、デジールという、同じくらいの年齢の女性だった。

「ねえ、エスポワールはどこから来たの？　あたしはモー・ガールから来たの」

ここまで来て同じモー・ガール出身者と出会うとは思っていなかったエスポワールは、嬉しくなり心を躍らせる。

「私もそうなんです。モー・ガールから来ました」

「本当？　あたし同郷の人と会ったの始発以来だよ。あなたはどこまで行く予定なの？」

「終点ですよ」

「うっそ！　本当に？　それも一緒！　すごいねえ。ねえ、あたしと友達になってくれる？」

いきなりの申し出だったが、断る理由もなかった。

「私で良ければお願いします」

「やったー！　あたし今までずっと一人でつまらなかったの。よろしくね」

「はい、お願いします」

矢継ぎ早に言葉が飛んでくるデジールの話についていくのがやっとで、エスポワールは目を回しそうだった。

『次はル・ミユゼ、ル・ミユゼ。降りる際にはお忘れ物のなきようによろしくお願いいたします』

いつもの放送が流れた。

エスポワールは、期待を少々と不安をたくさん抱いてル・ミュゼの駅に降り立った。

デジールと一緒に列車を降りると、ル・ミュゼの入り口に、大きな絵画が飾られている建物が目に飛び込んでくる。

「こんにちは、お客さま。このたびはル・ミュゼへのお越し誠にありがとうございます」

二人の目の前に現れたのは、シルクハットをかぶった誘導員だった。

「お二人はこの場所はお初でしょうか」

「はい」

エスポワールが返答すると、誘導員は鞄からパンフレットを二つ取り出した。

「ではこちら、パンフレットにございます」

そう言って彼女たちにそれを手渡す。

「こちら美術品を集めている美術館になります。絵画・彫刻・土偶に埴輪に建築。時代、国を問わず様々な作品を展示しております。ファッションも取り扱っていますのでぜひともご覧になってくださいませ」

誘導員は一礼してからその場を去っていった。

# 5　暖かな場所。真実の風景

## *Premier jour*　―初日―

駅舎を後にして、二人は四つの入り口の前に立っていた。

「エスポワール、わくわくするね？」

「ええ。私、西洋絵画が好きなんです」

「そうなの？　あたしはファッションの方に行こうかなって思ってたんだけど」

好みはそれぞれ、というわけで、ここで別れることになった。

絵画エリアへの入り口を入ってすぐに、著名人らの作品やその弟子たちの描いた作品、名もなき作者の作品が年代順に並べられているのが視界に入った。

エスポワールは絵画のエリアをじっくりと見ていた。

作品の説明には引き付けられるものがあった。最後におちゃめな一文が加えられていたからだろう。

館内を進むと途中で広い空間に出る。

そこには、学生をはじめとする一般人を含む、幅広い作家たちの作品が展示されていた。エスポワールの目を一番引いたものは、大きな白いキャンバスに明るい空と草原と女子学生が描かれたシンプルなものだった。

タイトルは「白夜の友」。

作者が自分でつけたと思われる説明文には「友に捧ぐ。許されざることでも好きだった」と書かれている。

意味は分からないが、弾んでいた気持ちが少し落ち着いたような気がする。

駅に着いたのが夕方だったということもあってか、美術館を出る頃には既に外は暗くなっていた。

辺りには学生服を着た学生が多かった。

どこか良い宿がないかと足を進めながらきょろきょろしていると、美術館にも負けないくらいの大きな建物があった。

左右対称の巨大な建物の手前にある門に「Le musée école」と、書かれていることから、ここは学校なのだろうということは分かった。

先ほどから見かける学生のほとんどが同じ制服を着ていたので、きっとここの学生なのだろう。

中庭らしき場所には中央と左右に噴水が設けられ、リアトリスと土筆が植えられていた。

「こんばんは。何かご用でしょうか」

大きな学校を物珍しそうに見ていると、職員と思われる女性がエスポワールに声をかけて近づいてきた。

「あ、私、怪しいものではないんです」

「そう？　じゃあ入学希望者かしら？　ごめんなさいね、もう今日は学校閉めるのよ。見学はまた明日にでも来てくれる？」

「それも違うんです。とても大きな建物で、目を奪われただけなんです」

女性は暗がりでも分かるような笑みを浮かべた。

「あらまあ、嬉しいわ。こちらには許可証を貰うことができれば、入ることはできますから、よければ見学しにいらしてくださいな」

「はい、ありがとうございます」

「それではごきげんよう」

女性は踵を返して、去っていった。

エスポワールは学校を後にして町で手頃な宿を見つけると、さっそく中へ入り、手続きをする。

この町では出身について言わない方が良いと、レーヴの父に言われている。彼の忠告に多少なりとも恐れを抱いていたが、今のところ何もおかしな目には遭っていない。とても静かで快適な町という印象が強い。あまり警戒しなくてもいいのかもしれない。

## Jour deux　―二日目―

翌日は少し遠くの草原の方に赴いた。

爽やかな草木香る草原には、牛や山羊などの家畜たちが放し飼いにされていた。ここでは牧場体験などもできるらしい。

離れた所で牧羊犬が必死に羊たちを集めているのが見えた。

どこかでゆっくりとしていようかと思っていたエスポワールに、女子学生が一人近づいてくる。

「あ、あの！」

「なんでしょうか」

エスポワールは体を女子学生の方へと向ける。

「観光でいらっしゃったお客さまですか？」

「そうですけど」

女子学生は深呼吸をして、持っていた用紙を突き出し、頭を下げた。

「よろしければアタシのモデルをしてもらえないでしょうか！」

いきなりのことに戸惑っていると、女子学生が慌てて体を起こした。

「やっぱり駄目ですか……」

しょんぼりする女子学生に、なぜモデルをお願いしてきたのかを尋ねる。

「美術の課題で観光客をモデルに何か描くっていうのが、先週出されて。それでモデルになりそうな人を探していたんですけど、なかなかピンとくる人がいなかったんです」

そう言いながら女子学生はずんずんとエスポワールとの距離を詰めてくる。

「それで、今日あなたを見つけて、この人だっていう直感が働いたので、声をかけました。お願いします！　モデルを引き受けてください！」

エスポワールは少し悩んでから一つ質問をした。

「私、あと六日でここを出ないといけないのですが、それでも大丈夫ですか？」

「大丈夫です！　もうコンセプトも色みも背景もポーズも大体が決まっちゃっているので、何も心配はいりません！」

そう言ってエスポワールの手をガシッと掴んだ。

たじろぐエスポワールが彼女のお願いを承諾すると、彼女は嬉しさのあまりその場で大声で自己紹介を始めた。

「アタシ、ペイザージュって言います。お客さまは何というのですか？」

「エスポワールです。ペイザージュさん」

よろしく、と挨拶を交わしたエスポワールは、彼女に腕を引っ張られて強引にアトリエへと連れて行かれた。

ペイザージュのアトリエは、昨夜行った学校の裏手にあった。

そこには学生や教員たちの、数百、数千というアトリエや工房が道沿いに建てられている。

先ほどから木材や画板や絵の具や日曜工具などを駆け足で運ぶ人たちとすれ違う。

「ここの生徒はみんな芸術家や職人を目指しているんです。ですから一分一秒も惜しい。それに皆さん人を避けて行くのがお上手なんですよ」

彼女の言う通り、物が散らかり、人の行き来が多い割には事故がないように見受けられる。すれ違う人全員が真っ直ぐ前を向いているにもかかわらず、誰ともぶつかりはしないし、エスポワールのことを避けていく。これはこれで一種の才能ではないかと、彼女は感心する。

そんな道を十分ほど進んだところで、声をかけられた。

「あらぁ、誰かと思えば、のんびり屋で愚図でのろまなペイザージュじゃあありませんこと?」

甲高い声を発する女性は建物の傍のテーブルで優雅にティータイムを過ごしていた。

「これはお嬢さま。ご機嫌麗しゅうございます」

ペイザージュはスカートの裾を持ち上げてお辞儀をする。

「ふん、そんな安っぽいお辞儀いりませんわ。ところで、あなた、まだモデルを見つけられていないのかしら。私《わたくし》はもうすぐ完成いたしますわよ」

ペイザージュは愛想笑いを浮かべる。

「アタシは先ほど決まりました」

「どのような方かしら？」

「こちらのエスポワールさんです」

紹介されたエスポワールは一礼する。

彼女のじろじろと舐めまわすような視線は不快でしかなかった。

一通り見終わると彼女は高飛車な声で笑った。

「おーっほっほっほ！　なんてさえない顔をした女性なのかしら。これではどんなに天才、そう！　才の優れた画家でも力を発揮できないわ！」

彼女はまた笑う。その周りにいた取り巻きと思われる女子学生たちも大声で笑っている。周りにいた他の学生は、巻き込まれまいと自然と距離を置いている。

なぜ初対面でそこまで言われないといけないのか。エスポワールが抗議しようと身を乗り出すと、ペイザージュに止められた。

「それではお嬢さま、アタシはこの辺で失礼いたします」

再びスカートの裾を持ち上げてお辞儀をする。

ペイザージュたちが去った後に、お嬢さまと呼ばれる彼女と取り巻きが何やら話をしていたが、そんなことはどうでもよかった。すぐに逃げないと何をされるか分かったものではない、とペイザージュは焦ったのだ。

ペイザージュのアトリエは綺麗に片付けられている。一人にしては少し広すぎるようだった。

机の上から持ってきたものは、今回の絵のコンセプトが書かれた紙だった。
1．草原
2．羊
3．曇り空
4．女の子
5．曇天の中、少女が羊たちと陽気に遊ぶ様子
そんなことが書かれていた。

他の細かなものまで全てに目を通して、エスポワールは一つ疑問を抱いた。

「どうして曇天の背景なのですか？」

一緒に見ていたペイザージュが答える。

「曇りとか雨って皆、顔色が沈むんですよ。でもどの天気でも悪いものはないから、たとえ空がどんな色をしていても明るくいこう、ってことで、曇天」

雨では悲しさが勝り、晴れでは嬉しさが勝ってしまう。だからその中間部に位置していて、なるべく出会いやすい天候にした。

彼女が次に見せてくれたのは下書きだった。大まかな配置と角度。モデルとなる観光客

が見つからない間はこうして時間を潰していたそうだ。

「初めは俯瞰で描こうかと思っていたんですけど、顔が見えにくいのでやめました」

今度出てきたのは衣装。羊飼いをイメージしたポップで可愛らしいワンピースだった。

小花がいっぱいプリントされた生地で、ワンポイントとして左胸に牧羊犬のワッペンが施されている。

その服を試着してみたがエスポワールには少し小さかった。

「後で直しておきますね」

「お願いします」

ペイザージュはカメラとペンと画板と紙を持って、アトリエから出て行こうとする。エスポワールもそれに続こうとしたが、ふと目を奪われるものがあった。

「ペイザージュさん。これってもしかして、美術館に飾ってあったものと同じですか?」

丁寧に立てかけてあったものは、「白夜の友」だった。

「そうですよ」

「どこか寂しさがあるんですけど、楽しさも伝わってきて、私この絵好きです」

エスポワールが伝えると、ペイザージュの顔に陰りが見えた。

「ありがとうございます」

ペイザージュはぎこちない笑みを浮かべた。

「あの、現場へ行く前にいくつか絵を見せてもらってもいいでしょうか」

「……いいですよ。モデルをしてもらうにもその方がいいかもしれませんね」

アトリエの奥にある小部屋は物が散乱していた。彼女が今まで描き上げてきたもの、下書きで終わってしまったもの、ただの落書き、隠したい黒歴史のようなノートに書かれた絵。様々あった。その中から見せてくれたのは、ここ二年間ほどの彼女の作品たち。

「どうでしょうか」

「風景画が多いですね」

「人物画は苦手なんです。表情を作るのが難しくて。そのまま描けばいいんですけど、それがなかなかできなくて。題材として先生が出さないと滅多に描きません」

そうは言うが人物画もちらほらあった。それでも表情の硬いものが多い。

エスポワールはアトリエにあるものをサラッと見渡す。その中に隠すように置かれていた人物画を見つけた。

手に取ってみる。なんと楽しそうな表情をしているのだろうか。先ほどの作品や話とは段違いに生き生きとした風景と女学生。

その人物は「白夜の友」と同じモデルに見えた。

彼女を題材にしたであろう作品が、たくさん部屋の隅に置かれていた。

「エスポワールさん」

名前を呼ばれてハッとした。振り向くとそこには無表情のペイザージュがじっと立っていた。

「それ、返してもらえます？」

「はい……」

人物画を手渡すと、ペイザージュは持っていた鞄へと仕舞った。

「あの、それは……」

「……捨てる予定の作品です。さ、もう行きましょう」

捨てると言いつつ、彼女は絵の入った鞄を机の上に置いて部屋を出ていった。


ペイザージュに連れて来られたのは、先ほどいた草原だった。

その一角にある、主に羊が放牧されている牧場に来た。

「ご主人、こんにちは」

「やっと来たかペイザージュ。その子が今回のモデルか？」

「そうですよ。で、約束通りに羊たちをお借りします」

「おお、頑張れよ」

「ありがとうございます。行きましょう、エスポワールさん」

エスポワールはご主人にお辞儀をしてから、ペイザージュの後に続く。

この日は晴天。あと三日は変わらないという。

だからとりあえず、写真を撮ってさらにイメージを固めたいらしい。

羊たちを呼ぶ構図。牧羊犬と一緒に羊たちを小屋へ帰す構図。羊たちに囲まれて踊る構図。羊の世話をする構図。様々な写真を撮った。

写真を撮り始めて一時間が経った。二人であれこれ話し合って、羊と楽しそうに歌う構図に決めた。

そして、下書きを描き始める。その間エスポワールはずっと歌っていた。羊たちも楽しそうに跳ね回っていた。

この日は下書きを一枚だけ描いて終わったが、フワフワだったイメージが確実なものになっていく。

実際の絵は、曇り空の時に描くので、今しっかり描いても、あまり得られるものがないとペイザージュは言う。

しかし構図とエスポワールと羊の相性を見られただけでも、ペイザージュにとっては収穫だった。

空には綺麗な夕日が輝いている。もうそろそろ夜になる時間帯に、二人は引き上げた。

ペイザージュは宿まで送ると言うが、エスポワールは大丈夫だと断った。それでも彼女は怖い顔をして、断るなと目で訴えかけてきた。そこまで言ってくるならと、エスポワールは彼女を伴って宿へ向かう。

街灯が照らす道を進む。夜でもわいわい、がやがやと学生の楽しそうなおしゃべりが町を活気づけている。

もうそろそろ宿という所で、怒号と誰かがすすり泣く声が聞こえた。それは狭い路地の奥から聞こえていた。

気になったエスポワールは歩みを止めた。それに気がついたペイザージュは、エスポワールの腕を強く掴んで引っ張る。

「見ないで」

「え。でも誰か泣いて……」

「いいから。たとえ誰かが泣いていても喧嘩をしていても決して近づかないで。弱みと優しさを見せたら駄目。それと、絶対に路地には入らないで」

そう話す彼女の表情は淡々としていた。

エスポワールを送り届けるとペイザージュは自分の寄宿舎へと帰っていった。エスポワールは礼を言ってから宿に入る。

宿屋の主人に帰りを伝えると、贈り物が届いていると小箱を手渡してくれた。差出人は『Rêve』。

部屋に入ってさっそく開ける。中には小さなオルゴールと手紙が入っていた。

『to　エスポワール

お手紙ありがとう！　遅くなってごめんね。

手紙出そうとしたらすぐに次のが来たから一緒にしちゃった。

フィルムのストラップはすごいね、光に当てると物語が出てくるの！
トロンボーンの置物もすごく綺麗でね、
埃かぶせないようにしっかりと飾ってるよ。
ネックレスはキレイだけど壊すの嫌だからこれも飾ってる。
あたし勾玉？　って初めて見たよ、意外と綺麗だね。
あたしからの贈り物は、オルゴール！
少し高かったけどえっちゃんのために頑張った！
そうそう、今度お母さんがアクワリウムに連れて行ってくれるって。
必死に頼んでよかった。
それじゃあね、えっちゃん。頑張ってね。

from　レーヴ』

読み終えると、木製のオルゴールを取り出して蓋を開ける。
流れてきたのはパルク・ダトラクションのテーマ曲。速さのある力強い曲が、ぜんまい仕掛けのオルゴールの音色によって柔らかくなっていた。

## Jour trois　―三日目―

朝早くからペイザージュがエスポワールを訪ねてきた。今日は学校があるから、夜の七時頃に迎えに来ると伝えられた。

そんなエスポワールは、美術館にいる。今いるエリアには十二世紀から十九世紀にかけて活躍した画家の絵が展示されている。

ゴシック調の流行った時代に、教会建築から発展し、絵画や彫刻などにも広がった芸術様式である。そのためか、ゴシック調の建築物が立ち並ぶ中世ヨーロッパの町がジオラマで再現されている。

エスポワールには気がかりなことがあった。今朝から誰かの視線を感じるのだ。ちくちく刺すような視線を。

しかし辺りを見渡してもそれらしい人物を見つけることができない。昼食をとっていても、中庭に出ても、違うエリアに行ってもその視線は感じた。

誰かに付きまとわれるようなことをした覚えはない。ここに来てまだ三日目。恨み妬みを買うようなことは何もしていない。一体何なのか。気になったが、見つけられないのでは仕様がない。

そんな視線は、宿に戻る途中に学校の前を通る頃にはなくなっていた。

学校が嫌いな幽霊？

そんなことを考えながら宿へと戻る。

宿に入ると、既にペイザージュが入り口付近の椅子に座って待っていた。

「すみません、遅れました……」

彼女の昨日とは違う様子にエスポワールは絶句した。

「アタシも今来たところですから。……どうかしました？」

固まっているエスポワールに問いかける彼女の顔には、絆創膏とガーゼが貼られていた。

指には包帯が巻かれている。

「ああ、これ？」

ペイザージュが、笑いながら言った。

「いやー、今日はやられちゃいましたね。久しぶりに効きましたよ。今月は何もないなと思ってたらこれですから。本当にどうしようもないんですよ」

あっけらかんとする彼女にさらに驚く。

さらにその格好のままアトリエに行こうとするものだから、さすがに止めた。

「どうかしましたか？」

「どうかしましたか？　じゃないんですよ！　どうしてそんなに傷だらけで笑っていられるんですか？　今日は休みましょうよ。安静にしておいた方がいいです」

心配してそう声をかけた。それが何か大事なことに触れたのか、彼女の笑顔は消えて感情のない表情が現れた。

「エスポワールさんってここは初めて？」

「ええ。それが何か関係あるのですか？」

ペイザージュはエスポワールを見上げて、死んだ魚のような目をして言った。

「じゃあ教えてあげます。ル・ミュゼは、表立ってはアクワリウムと等しく美しい町と言われています。でも実際に暮らしている人はパルク・ダトラクションよりも下劣な町、地獄とさえ言っています。なぜだか分かりますか？」

エスポワールは首を横に振る。

「そう言われる由縁は、自分がカースト上位と思い込んでいる下劣な生き物が支配している町だからです。上にいるやつは自分が偉い、美しい、頭が良いと思い込んで下位の生き物をいじめつくす。それがもう生きがいになっているんです。だから『死ね』なんて言葉を聞かない日なんてありませんし。閉じ込められたり誘拐されるなんて日常茶飯事」

ここまで聞いて、エスポワールはどんな顔をしていいのか分からない。

「知ってます？　あなたやアタシたちが存在するこのメール・モー《世界》では死人は大切に扱わなければいけないんです。ですからどこ《ここ》の町に行っても死人には手出しはしないし、むしろもてなします。温かい雰囲気で天国へ行けるように。でもここ、ル・ミュゼのやつらは平気で死人にも手を出す。死神に殺されるかもしれないのに」

大切に扱わなければいけない死人をこけにする。死神に恐怖心を持たない。それだけでもル・ミュゼがどれだけ恐ろしい場所なのかはエスポワールにも分かる。

「でもそれならなおさら休んだ方が良いですよ。また、いつどこで襲われるかも分からないのに」

「うーん、でも今日は服のサイズを直したから着てほしかったんですけど」

心配そうなエスポワールを見ながら少し考えてから、明日でもいいかと彼女は諦めた。

「じゃあ、エスポワールさんの部屋に泊まってもいいですか」

「はいっ！　大丈夫です」

二人は、階段を上がって二階の部屋へと移動する。その時、エスポワールは視線を感じたが、やはり誰もいなかった。

部屋に着いたペイザージュは、差し出された椅子に座る。その間にエスポワールがお茶の準備をしている。

きょろきょろとペイザージュが室内を見回す。そこで見つけたのは、机の上にポツンと一つ置かれたオルゴール。

ねじを巻いてみるとパルク・ダトラクションのテーマ曲が流れる。

「良い音色ですよね」

エスポワールはお茶をペイザージュの前のテーブルにのせる。

「それは友人から貰ったものなんです」

ペイザージュは礼をしてからお茶を食道へと流し込む。

「どんな人なんですか。そのお友達は」

「元気な子ですよ。夢を追いかけて、努力のできるしっかりした女の子なんです」

楽しそうに話すエスポワールに、ペイザージュは、ふーん、と返事をするだけだった。

「ペイザージュさんは綺麗なペンダントをしていますよね。誰かからの贈り物ですか？」

彼女の首元には、胸に半分のハートが描かれた鳩が舞っていた。

「うーん。親友から、三年前に貰ったんです。彼女とおそろいのものを」

友人の証として――。

嬉しそうで悲しそうな表情を浮かべながら、ペイザージュは遠い楽しかった日を思い出す。

「何かあったのですか？」

「聞きたい？」

「あ、いえ。嫌ならいいんです。私最近でしゃばってばかりで。……すみません」

俯いたエスポワールに彼女はクスクス笑う。

「たいしたことないんですよ。ここでは日常茶飯事だから」

彼女は少し沈んだ顔をしていた。

「このペンダントを貰った二週間後だったかな。親友がある男子に告白されて、で、お付き合いをOKしたんです。その男子は学内でも人気者で。だからなのか、その日から女子からの攻撃が始まって、最終的には彼女の作品がいくつか壊されたんです」

　ペイザージュはコップを持つ手に力を込める。

「アタシ、何回も彼女を助けることができたのに。追い詰められているの知ってたのに。……逃げたんです。怖くて。その中でもあのお嬢さまが一番強かった。彼女、アタシの親友に建築デザインの才能があったから嫉妬していたんです。だから親友に彼氏ができたことを理由に、本格的に攻撃するようになったんです。なのにアタシは……もう合わせる顔がありません」

　そう言ってペンダントを強く握りしめる。

「逃げ出して見捨てたのに。これを持っていれば一緒にいられるつもりでいるなんて、都合がよすぎますよね」

　ペイザージュは必死に涙を堪えている。

　エスポワールが投げかける言葉はなかった。無神経に「大丈夫だ」とか、「きっと元に戻る」とは言えなかった。私がどうにかする、なんて以ての外だった。

「もう、寝ましょうか」

　話が途切れたタイミングでペイザージュが言った。エスポワールはその提案に何も言わずに従った。

## *Jour quatre*　―四日目―

今日も美術館に来ているが視線を感じる。不快ではないのだが、気になって仕様がない。しかし辺りを見渡しても、館内には展示されている絵画しかなかった。監視カメラかもしれないとも思ったが、今まで監視カメラからそんな視線を感じたことはなかった。

気になる視線を無視してとにかく次に行こうと歩みを進めると、誰かとぶつかった。

「いたっ」

「痛いですわね。きちんと前を向いて歩きなさいよ。……って、あなたは確か、のろまなペイザージュのモデル」

「エスポワールです」

「ああ、そうね。そんな名前だったかしら」

倒れた二人は立ち上がってそれぞれ服の埃を払う。

「すみません。私の不注意でした」

「本当よ。今回は見逃してあげるけど、次はありませんわよ」

ペイザージュが「お嬢さま」と呼んでいた彼女の力強い瞳にエスポワールは委縮してしまう。

道を空けるようにしてササッと一歩下がる。

「ふふふ。そういうところは弁えているのね。行くわよ、あなたたち」

取り巻きたちは、小さく返事をして彼女に付いていく。怖かったが、エスポワールはほっとして、昨日見た絵画よりも古い一五六三年に描かれた、ピーテル・ブリューゲル作『バベルの塔』の前に移動した。旧約聖書を基にした絵画の展示エリアだ。

人間の言語がもともとは一つだった時代に、神さまに近づこうとした人間が建てていた高い塔。しかしその行いに神さまは良い思いをしなかった。だから神さまは、人間たちの言語をバラバラにした。そんな謂れのある塔が建つ町は、「神の門」や「混乱」の意味を持つ『バベル』と呼ばれるようになった。

言語が違うから争いが起こるなどと言う人がいるが、言葉が分かったところで争いがなくなることはない。妬《ねた》み嫉《そね》みや、優劣を付け一番になろうとする闘争心があるのだから。

色鮮やかな絵画に見とれていると、スカートの裾をくいくいっと引っ張られた。視線を下に移すと、女の子がエスポワールのことを見上げていた。

エスポワールはしゃがんで目を合わせてから柔らかい表情で尋ねる。

「どうかしましたか?」

「おねえちゃん、チェーン切れてるよ」

一体何のことかと腰に手をやると、ベルト穴に付けたチェーンが切れて、あるはずのモノがなかった。

顔を青くするエスポワールに、女の子は心配そうに声をかける。

「大丈夫？」

「……大丈夫ですよ。教えてくれてありがとうございます」

頭を撫でて飴玉を渡した。

「お母さんのいる所で食べてくださいね」

「うん！　ありがとう、おねえちゃん」

女の子は手をぶんぶん振って、母親の元へと帰っていった。エスポワールは立ち上がり、手を振り返す。

一息ついてから再び顔を青くする。一体どこでなくしてしまったのか。否、切られて盗られてしまったのか。

彼女が今一番持っていないといけない、記憶の石を填め込んだ懐中時計がなくなっていた。

館内の通ってきた場所をくまなく捜した。警備員にも、懐中時計を見なかったかと尋ねた。休憩中の客にも、もう何十人にも話しかけた。

それでも見つからない。見たという話も聞かなかった。

「どうしよう……」

一体誰が懐中時計のチェーンを切って持ち去ったのか。時計自体はごくごく普通のもので、特別高いわけでもなく、ブランド物というわけでもない。だとすると盗んだ目的は、あの石ではないだろうか。しかし一見ただの石で、記憶の石と分かるものではない。もしかすると宝石と間違えて狙ったのかもしれない。

盗んだ人間は館内にはもういないと踏んだエスポワールは外へ出た。

それからも道行く人に聞いては捜し、捜しては聞いてを繰り返した。それでも見つかる気配はなかった。

歩き疲れてベンチで休憩していると、声を潜めて話しているのが耳に入った。

「ふふふ、やりましたわね、お嬢さま！」

「本当、なんて簡単だったのかしら」

「あの後も盗られたことに気がついていなかった様子でしたよ」

取り巻きたちがお嬢さまの後ろで嬉しそうに話している。

「本当に簡単でしたわ」

お嬢さまの手には、エスポワールの懐中時計が握られていた。

「これで私《わたくし》は成功を手に入れたも同然。ふふ、ふふふ。おーっほっほっほっほ！」

エスポワールは彼女の高笑いに恐怖を覚えた。

自分の成功のために何のためらいもなく盗みを働く。それも愉快に笑って。取り巻きたちも何の疑いも迷いもなく、それに従っている。

心の奥底から怖くなった。

とにかく懐中時計を返してもらおうと、彼女たちに付いていく。

学校の裏手の雑木林まで来た時、落ち葉を踏む音が聞こえたのか、彼女たちはエスポワールの方へと視線を向ける。

「あらまあ、またお会いしましたわね」

お嬢さまは何事もないように挨拶をする。

「返してください」

「あら、なんて言ったのかしら」

取り巻きたちもニヤニヤ笑みを浮かべてこの状況を楽しんでいる。

「返してください！　その懐中時計と石を！」

「あら、それってこれのことかしら」

そう言って懐中時計を前に突き出す。

エスポワールがお嬢さまに近づこうとした、その時、左右から取り巻きに取り押さえられた。

「いたっ！　放してください！　それは私の大切なものなんです！」

エスポワールは必死に叫ぶ。

「知っているわよ。だってこれがないと、あなた何も思い出せないんですものね」

「だったら……！」

「でも駄目ね。こんなもの、あなたのような死人が持つには贅沢すぎるわ」

「……え？」

贅沢も何も、エスポワールの記憶なのだ。彼女が持っていなければ意味がない。しかしエスポワールが引っ掛かった言葉はそこではなかった。

「そうですわ、この死にぞこないが」

「あなたみたいな死人にはピュルガトワールがお似合いでしてよ」

ピュルガトワールは、エスポワールがかつて訪ねた燃え盛る町。罪の意識がない者、罪を裁かれなかった者が行くところだ。

そう言ってまた笑う。

「なんで。……私生きてるじゃないですか！　どうしてそんなことを平気で言うことができるんですか!?」

お嬢さまたちは顔を見合わせて愉快に笑う。

「ふふ、だって本当のことだもの。死人は死人らしく魂の魚になり果てなさいな」

「そうよそうよ。さっさと狩られてしまいなさいな」

「この死にぞこないが」

「そうよ、死にぞこない」

「早く消えなさい」

「あなたが成仏したとしても、誰も悲しみはしないのだから」

次々と浴びせられる『死』。エスポワールは耐えきれなくなっていく。

「私、だって、まだ生きて…………」

心の傷を深めていくエスポワールをよそに、彼女たちは次々に心ない言葉を浴びせる。

「死にぞこない」

「死神のお荷物」

「この世に一番いらない者」

「何もできないのに」

そんな言葉の中、お嬢さまがエスポワールに近づいてくる。

「全てをなくす前に、いいことを教えてあげますわ。記憶の石は、願いを叶えることができますのよ。私《わたくし》は西洋絵画・建築絵画の分野で頂点に立つの。そのためにはこれが必要なんですの。ほら、頂点は維持し続けることが難しいでしょう？　ですから力の強いこの石が必要なんですの。あなたは運が悪かったと思いなさいな。なんて言っても記憶の石を持っている方と会えるのは、これで最後かもしれませんからね」

そう言って懐中時計の蓋を開ける。

「どれがいいかしら」

エスポワールはどうにかして取り巻きたちから逃れようと身をよじる。しかし二人がかりで押さえ込まれて体は自由にならない。

「決めましたわ。この桃色の石にいたしましょう。私《わたくし》この色好きなんですの」

エスポワールは今までよりもさらに力を振り絞る。

桃色だけは……他のももちろん大切だ。しかしその石だけは、レーヴがくれた桃色の石だけは何があっても触れてほしくなかった。

「さ、いただきましょうか」

「ダメーーー！」

お嬢さまが石を取り出そうとした時、雑木林からエアカッターが飛んできた。そしてその奥の黒い影が姿を現した。

「死人を軽蔑する者。愚弄する者。労わらない者。二度の警告を無視したな」

頭から足元まで隠れるような真っ黒な装いの男と思われる声に、お嬢さまたちの顔が一気に青ざめる。それは死神だった。

「警告無視は我々への反逆とみなす」

「そ、そんな！　違いますわ！　私《わたくし》たちはこの方と遊んでいるだけですのよ」

「そうよ！　だって一人で寂しそうだったんですもの」

一人が声を上げると、他の取り巻きたちもそれに同意する。

「ではなぜ彼女は芝に突っ伏している。なぜお前がその懐中時計を持っている。説明してみろ」

「そ……それは…………」

たじろいで言葉に詰まるお嬢さまたちを見て、死神は大きな鎌を取り出した。

「二度の警告無視。さらには死人への冒涜、嫌がらせをしたとみなし――」

死神はその場の全員の表情を眺めてから、全てを終わらせる準備に取り掛かる。

「これより、犯罪者への対処にあたる」

「イヤーーーーーーー！」

甲高い叫び声がしたかと思うと、目の前が赤くなった。宙にはお嬢さまの首が浮かんでいた。そしてボトッと、音を立てて芝の上に落ちた。それはとてもゆっくりと見えた。お嬢さまは絶望にかられた顔をしていた。

何が起こったのかすぐに理解した取り巻きたちは逃げ惑う。

「逃がさない」

死神の低い声がそう告げた。

次々と首が狩られていく。

死神は魂を狩る者。そして、このメール・モー《世界》を支配する者の仲間の一人である。

エスポワールの顔に生温かく赤い飛沫が飛んできた。

それを手で拭う。血だった。なぜ確認してしまったのか。後悔した。しかしそれも遅かった。

その赤い血は、今目の前で死んでいこうとしている彼女たちのものだった。

「…………」

エスポワールは動けなかった。声すらも出なかった。

全ての者を狩りきった死神は、力の抜けて絶望しきっているエスポワールに近づく。

「今はまだ早い。だから眠っていろ。終点でまた会おう。おやすみ、エスポワール」

真っ赤な視界はだんだんと黒に侵食されていく。

＊＊＊＊＊

冷たい。寒い。ここはどこ？

『どうして？』

『あ？』

『どうしてこんなことをするの？』

少女は水浸しだった。同じ年頃の女の子によって頭からホースで水をかけられていた。

『どうしてって。あんたが気に入らないから。裏切ったから』

いつからこの関係が成立していたのか。気がつけばこんな状態だった。

『あんたがいるとあたしの両親が悩むんだよ。どうしたら頂点を取れるのか。もっといい先生を見つけた方が良いのかって。あんたはいいよね、いっつも賞を貰って一番で、幸せもあって』

『何を……』

『あんたがあたしから全てを奪っていくんだ』

それを合図にしていたのか、周りにいた人間が少女を足蹴にする。甲高い笑い声と罵詈雑言が少女に降り注ぐ。

『もう少しなんだから。もう少しであなたに絶望を見せてあげられる』

女の子女は笑い、少女を見下ろす。俯く少女は頭を上に向ける。目が合うと女の子は腰をかがめて言った。

『ねえ、あたしたち、親友だよね？』


誰にも見られることなく部屋を出た少女は、帰り道を歩いていた。びしょ濡れの状態で。

俯く少女に声をかけてきたのは、彼女の安らぎの存在である後輩だった。

『大丈夫ですか？』

『大丈夫ですよ』

少女は屈託ない笑顔を見せた。

『一緒に帰ってもいいですか？』

『やめておいた方がいいですよ』

『じゃあ勝手に付いていきます』

二人は会話のないまま帰路に就いた。

それを誰かが陰から笑って見ていた。

# *Jour cinque*　―五日目―

目を覚ますと、そこは白い空間だった。

周りにはカーテンが下り、ベッドに横たわるエスポワールの目には天井が見えていた。

ここはどこかと、しっかりしない頭で考えながら上体を起こす。

「あ、起きましたか？」

カーテンがザッと開くと、『保健医』と書いてある札を付けた女性がエスポワールを見ていた。

「具合はどう？　気持ち悪いとか、どこか痛いとかはある？」

「……ここはどこですか？」

「医務室よ。あなた、半日も寝込んでいたの。学校の裏手で血まみれになって倒れているんですもの、わたしびっくりしちゃった」

保健医は近くにあった丸椅子に座る。

「これ、あなたのよね。倒れていたそばに落ちていたの」

手渡された懐中時計には血がこびり付いている。石は全て無事だったが、少し血を被っているものがあった。

懐中時計をぎゅっと握りしめる。

「あなた、一人で学校裏に倒れていたけれど、何があったのか教えてもらってもいいかしら」

そう言われて何があったのか思い出した。体が震える。顔が青くなる。

目の前で首が舞い、視界が真っ赤になった。

呼吸が荒くなる。

「落ち着きなさい。大丈夫よ、ここにはわたしとあなたしかいないわ」

保健医はエスポワールの背を撫でる。

深呼吸をして、とにかく心臓を落ち着かせる。

そして一つ一つ言葉を紡いでいく。

「し、死神、が。お嬢さま、たち、を。首を……」

「……なるほど。とうとう来てしまったのね。まったく。だからあれだけ行動を改めなさいと言っていたのに」

保健医は小さく溜息をついた。

それがエスポワールの恐怖を増大させた。

「な、んで」

「ん？　死神に狩られたんでしょう？　自業自得よ。言っても聞かないんだもの。あれだけ死人に固執する子も珍しいのよね」

「そこまで分かってて、生徒が死んだのに。どうして冷静にしていられるんですか……」

保健医は悲しそうに微笑んで言った。

「人が死んだくらいで悲しんでいたら、ル・ミュ《ここ》ゼでは生きてはいけないわ。あなたは、自分の身は自分で守りなさい。他人にも自分にも殺されないように」

医務室を出てとぼとぼと帰路に就く。

外は朝日が輝いていた。

この町は何かがおかしい。そんな気がした。気をつけろと言われていたのだから、そんなことは分かっていたはずだった。しかし、今に至るまで、これほど無残な町だったとは思わなかった。何の疑問にも思わなかった。それは記憶をなくしているからなのだろうか。それとも別の要因が絡んでいるからなのか。それはエスポワールには分からなかった。

宿に戻る途中、暗い路地の奥に人影のようなものが見えた。駆けよってみると、男子学生が血まみれで倒れていた。

それを認識したエスポワールは一歩後ずさった。

「ぁ……ぁぁ………」

そしてさらに一歩ずつ後ずさっていく。

「ちょっと！」

女の子の声が背後で聞こえたかと思えば、いつの間にか肩を掴まれていた。

「こんな所で何をしているの、エスポワールさん」

振り向くと、そこには険しい表情のペイザージュがいた。

「あ、あの……」

「今すぐ離れるよ」

グイッと強い力で腕を引っ張られる。

「で、でも、人が倒れて」

「あれはわざと。ケガをしてもいないし死んでもいない」

「どうしてそんなことが」

「目が肥えてるからね。それくらい判別できないと変なことに巻き込まれるよ」

少し離れてから見ると、男子学生が恨めしそうにエスポワールたちを睨みつけていた。

アトリエに着くとエスポワールは説教を施された。

「なんで路地に入ったんですか」

「倒れている姿が見えたので」

「絶対に路地には入らないでって言いましたよね」

ペイザージュは強い口調で、椅子に座るエスポワールを仁王立ちで見下ろしている。

「はぁ。助けたいって思う気持ちは立派だと思いますけど、あなた、お嬢さまに襲われたばかりでしょう？　一人であんなところ。ううん、一人でも二人でも路地になんて入っちゃダメですよ」

エスポワールは聞き逃さなかった。

「なぜ私とお嬢さまが一緒にいたことを知っているのですか？」

怯えるエスポワールに、ペイザージュは当然のことのように答える。

「だって死神に狩られたんでしょう？　もうほとんどの人が知っていますよ」

ペイザージュはいつものこと、もう見慣れていると言う。さもこれが日常で普通のことだとでも言っているようだ。感情のない表情が目の前にあった。

「どうしてそんなに冷静でいられるんですか」

「なんで？」

「だって……人が殺されているのに」

ペイザージュはエスポワールに冷たい瞳を向けた。

「これで参っていたら体がもたないよ。他の町がどうかは詳しくは知らないけど」

そんなことより、と彼女は採寸したサイズに合わせた服を取り出してエスポワールに手渡す。

まだ恐怖が拭えずにいるエスポワールの頭は働かない。とりあえず着替えはするが手も震える。

時間はかかったが一通りの準備を済ませた。

アトリエを出発しようとした時も表情が沈んだままのエスポワールに、ペイザージュは元気を出してほしくて言った。

「早く忘れた方がいいですよ。覚えていても無意味なんですから」

エスポワールは、ここ、ル・ミュゼが狂っているように思えた。


牧場に移動する頃には日は隠れて曇り空が広がっていた。時折うっすらと日が差すが、これがよかった。

羊と歌う構図は完璧だった。ペイザージュの思い描いていた通りだった。

エスポワールの表情と歌声が晴れないことを除けば。そのせいで画に描いても悲しい思いばかりが現れる。彼女が元気でないと羊たちも元気が出ない。

「ねえ、エスポワールさん。もっと楽しそうにできない？」

エスポワールは肩を震わせた。

「……すみません」

このままでは作品は完成しない。どうしたものかとペイザージュは筆を持つ手を止めていた。曇り空はどうしても生かしたかったが……。

羊たちがエスポワールの足元に集まって、体をこすりつける。それに応えるようにエスポワールは身をかがめて羊たちを撫で、歌い始めた。その時、雲間から零れ日が差し込んだ。

ペイザージュはそれを逃さなかった。

紙を替えてさっそく筆を走らせる。手前は暗く、奥はわずかな日が差すその場面を。

六時間ほど描いていた。

出来上がったものは三枚。

闇の多い初めの画。まだ闇の払われきれていない画。日が差して光の現れる画。

まだまだ完成には程遠いが、これだけあればエスポワールが去った後でも手の入れようはあるだろう。

「ありがとうエスポワールさん。これでいいものが出来そう」

「本当ですか？」

「うん！　それにエスポワールさんが歌って少しずつ元気になったおかげで、羊たちも元気になったみたい」

言われて気がついた。いつの間にか悲しさと恐怖が薄れていたことに。途中から歌うことに集中しすぎて他のことなど忘れていた。ただ、忘れていたことに気づいた反動でずんっと重いものがのしかかってきた。再び体が震えだす。

「大丈夫。もう帰りましょう。羊さんたちもありがとう」

エスポワールはペイザージュに体を支えられるようにして、その場を後にする。

緑が広がる草原を見渡せるベンチにエスポワールとペイザージュが二人で座っている。

放心状態のエスポワールに、ペイザージュが付き添ってくれている。

「……少しは落ち着きましたか？」

「………はい。すみません、ご心配おかけしてしまって」

「いいですよ。よく考えたら、狩られる現場を目の当たりにしたお客さまが、冷静を保っていられるわけないですよね」

草原のあちこちに電灯が点り、闇の中にぽつぽつと光が浮いている。夜空には星が輝き、昨日のことなどなかったかのように静かな時間が過ぎていく。いつもと同じように星と月がまわる。そして朝になれば太陽が顔を出す。それが日常。日常の中に出現した非日常の出来事など忙しい現実の中ではすぐに忘れ去ってしまう。

そしてエスポワールもすぐに忘れる。思い出したとしても、そんなもの無限分の一に過ぎない。

ここル・ミュゼでは皆がそうだった。だから顧みたりはしない。いつものことだから。それが日常であって、それ以外が非日常なのだ。

「気分転換にどこか行きますか？　今ならまだ美術館開いてますよ」

エスポワールは重い頭を上げる。

「……土産物店に行きたいです」

「うん、それじゃ行きましょう」

ペイザージュはエスポワールの手を取る。

少し重い足取りで美術館を訪れた。館内に一歩足を踏み入れたところでエスポワールは視線を感じた。数日前から感じる視線。ひょっとするとお嬢さまたちなのかと思っていたのだが、それは違う。

「どうかしましたか？」

キョロキョロ辺りを見渡すエスポワールにペイザージュが不思議そうに尋ねる。

「いえ、あの、視線を感じて」

「視線？」

そう言ってペイザージュも辺りを見渡す。しかし特に何も見つけられなかった。

今は客も少ない。誰かに見られていたのならすぐに分かりそうなものだが、誰もエスポワールたちの方を見ていない。気のせいだったのかと土産物店の奥へと移動する。

ペイザージュが案内してくれたコーナーには木製の箱が置いてある。様々な柄があるが、エスポワールはノルディック柄のを手に取った。何匹もの兎があしらわれている。

「それはカラクリ箱ですよ」

「カラクリ箱？」

「そ。普通の方法では開けられない不思議な箱。えっと、これは……」

ペイザージュは手に取った別の箱を器用に開ける。一か所ずらして別の場所を押し込む。それを数回繰り返して開けるのだ。

「ほら、こんな具合に。何か大事なものを保管したい時にはいいかも」

エスポワールは興味津々で彼女の手元を見ていた。瞳を輝かせるエスポワールはもう買うことを決めていた。

カラクリ箱と便箋を買って美術館を後にした。

## Jour six　―六日目―

この日は昼頃に宿を出て、レーヴへの手紙を投函した。

その後、ペイザージュのアトリエへ向かおうとしている途中で、黒服の男数人に囲まれた。いきなりのことで体が硬直して動かない。冷汗が流れる。心臓の鼓動が早まる。

男たちの後ろからコツコツと足音を立てながら、しなやかな黄緑色の髪を靡かせた女子学生が近づく。

エスポワールは、不敵な笑顔を浮かべるその女子学生を見つめる。

「ふふ、こんにちはお客さま。少しお話をしませんか？」

笑みを浮かべる彼女の視線に覚えがあった。

エスポワールは女子学生のアトリエに連れて行かれた。

扉をしっかり閉められ、逃げられなくなった。

もしかすると一昨日のように記憶の石を奪われるのではないかと警戒する。しかし、

「ごめんなさい！」

と、女子学生はエスポワールに深く頭を下げた。次々起きる予測不能な事態に頭が追い

つかない。一体今何が起きているのか。混乱していると女子学生が切り出した。

「いきなりこんな所に連れて来てしまってすみません。他に良い方法が思いつかなくって。わたし、態度悪かったですよね。本当にすみません」

「えっと……さっきの人たちは？」

「彼らはわたしのお父さんの知り合いなんです。どうにかしてあなたと接触したくて手伝ってもらいました」

話を進める中、エスポワールは既視感に襲われた。彼女をどこかで見たことがあるような気がする。

「わたし、アンソレイユと言います」

「エスポワールです。……あの、もしかしてここ数日私のこと付けていましたか？」

「はい。本当に申し訳ないです」

正体不明の視線はアンソレイユのものだった。これで視線の件はすっきりした。とりあえずは一安心だ。

「エスポワールさん。まずわたしの話を聞いてもらってもいいでしょうか？」

アンソレイユはエスポワールに椅子に座るよう促す。

アンソレイユが語ったのは親友との話だった。

「わたしには親友が……いました。でも、わたしが男子から告白されて付き合い始めたとたんに、周りの様子が変わったんです。その人が人気者だったから、女子からの攻撃が増えたんです。わたし、もともと敵が多い方ではあったんですけどね。……その中でもあのお嬢さまが一番強かった。彼女には皆逆らえなかったんです。それくらい権力を持っていた。ある日私はお嬢さまたちに呼び出されました。そこで、まあ、いろいろと言われて、やられて、もう死にそうだったんです。もう駄目かなって思った時に、その親友が近くを通りかかったんです」

アンソレイユは俯いて胸元の鳩のペンダントをギュッと握る。

「でも、彼女、逃げたんです。わたしはそのことで彼女を臆病者だとか裏切り者だとは思いません。だってここではそうしないと生きていけませんから。だからわたしは彼女を責めませんし、また一緒に遊びたいなって思っているんです。でも彼女、多分合わせる顔がないと思ってるんでしょうね、わたしから逃げるんです。わたしはもう一度話をしたいのに」

彼女の話はつい先日聞いたことのあるものだった。

「もしかしてそのお友達というのは、ペイザージュさんでしょうか？」

アンソレイユはバッと顔を上げた。

「な、なんで」

「私、そのお話を先日彼女から聞きました。彼女はそのペンダントがあればまた一緒にいられるかもしれない、と仰っていましたよ」

そう言って鳩のペンダントを指差す。

「……なんだ。……なあんだ。ペイザージュも一緒にいたかったの。……だったら逃げないでそう言ってくれればよかったのに」

アンソレイユの目から大粒の涙が零れ落ちる。

二人の間にどれほどの亀裂が入っていたのかは、エスポワールには分からない。ただそれでも、この涙を見れば彼女がどれだけ辛かったか分かった。

「エスポワールさん、お願いがあります」

彼女は涙を拭って、力強い瞳と声をエスポワールに向ける。

「明日、わたしはペイザージュと話をします。だから、その架け橋になってくれませんか」

エスポワールは迷うことなくそれを承諾した。

彼女は初めからそのつもりで、エスポワールを付けていた。ただ、エスポワールがペイザージュから二人の話を聞いていたことは知らなかった。

## *Dernier jour*　―最終日―

朝日が目に染みる。

今日は嫌というほどに晴れ渡った空が出迎えてくれた。しかしそれは、きっと祝福の空になるだろう。

懐中時計のチェーンを新しくしなくてはいけないが、今日はペイザージュのアトリエに行き、夕方頃にアンソレイユと待ち合わせる。

ペイザージュは学校があるので会うのは夕方前になる。それまでは美術館で時間を潰すことにした。

エスポワールはある作品に釘付けになった。


建築美術大賞『Le musée école』アンソレイユ作

中世ヨーロッパのハギア・ソフィア大聖堂をモチーフとし、キリスト調のビザンティン美術を取り込んだ現在のル・ミュゼの様子を映し出した。

全ての上に立つ者は真っ黒なローブを着た死神。崇められるは権力者。下で虐げられるは非権力者。最下層の抜け殻は死者。

こうしてこの世界はまわっている。


ミュゼのように上手に世の中をまわしていく者がいないル・ミュゼでは、権力者の匙加減で世の中がまわっていく。それでもうまく事が運べるのは、均衡が取れているからだろう。

お嬢さまたちがいなくなったことで平和になるわけではない。次の権力者が現れるだけだ。

それは子供かもしれないし大人かもしれない。もしかすると赤ん坊や死に際のお年寄りかもしれない。誰でも権力者になれるのだ。集団で暮らしている限りは誰かが権力者でなければ、まとめる者がいなければ、組織は崩壊していく。その力をどう使うかはその人次第だ。

それがたとえ目の前のあなたでも。目に見えない君でも。それは変わらない。

知らず知らずのうちにリーダーというものは確立していく。それがどんなに嫌いな人でも。

建築絵画のエリアを一通り見終えたエスポワールは、中庭へと足を運んでいた。

学生が作ったベンチは誰が座ってもいいことになっている。だからそこで一息ついていた。

「おねえちゃん」

エスポワールの袖を引っ張るのは、先日懐中時計のチェーンが切れていたことを教えてくれた女の子。

「先日はありがとうございました」

「いいよー。おねえちゃん無事でよかったね」

少女はちょこんとエスポワールの隣に座る。そしてガサゴソと持っていた紙袋の中を漁る。

何をしているのかエスポワールが見ていると、少女がジャーンと言って何かを取り出した。

「あげる！」

それは細めのチェーンだった。

「これは……」

「飴くれたお礼！　おねえちゃんチェーン切られたんでしょう？　だからこれにしたの！」

少女の笑顔は太陽のようだった。優しくされて泣きそうになってくる。

今まで怖いことが続いたせいで、ちょっとしたことで涙が出てきてしまう。もういっぱいいっぱいだった。

「おねえちゃん大丈夫？　迷惑だった？」

心配してくれる少女をそっと抱きしめる。

「おねえちゃん？　泣いてるの？」

エスポワールは首を横に振る。

「大丈夫……。大丈夫ですよ。……ありがとうございます」

少女は訳が分からず混乱したが、エスポワールの背中を小さな手で撫でた。

少女に感謝と謝罪の飴をたくさんあげて美術館を後にした。

少女から貰ったチェーンには蝶の柄が刻印されていた。それを懐中時計に括り付けてベルト通しにぶら下げる。エスポワールはようやくいつもの調子が戻ってきた。

アトリエが立ち並ぶ夕方の学校裏では、学生の声が飛び交っていた。

「こんにちは」

ギギギッとペイザージュのアトリエの扉を開けると、部屋の主である彼女は大きなキャンバスに向かって絵を描いていたが、エスポワールに気づくと、

「エスポワールさん!?　どうしてここにいるんですか」

驚きの声を上げて椅子から立ち上がる。

「絵の進み具合はどうかなーって思って、来てしまいました」

「そんな。アタシ、何も用意してなくて」

「気にしないでください。急に来た私が悪いんですから」

ペイザージュは急いでお茶とお茶菓子の準備に取り掛かる。

「あ、そこまでしていただかなくても大丈夫ですよ。そうだ！　私あの部屋に入りたかったんです」

そう言って指差したのは、奥アトリエの小部屋。

「どうしてですか?」

「いえ、ここを離れる前に、ペイザージュさんの作品を見ておきたくて」

ペイザージュは少し考えて、いいですよ、と言った。

小部屋の中は相変わらず散らかっており、紙が散乱していた。

見えるように飾ってあるのは風景画ばかり。それも暗いものが多かった。曇りや雨、明るくて木漏れ日。そんなものばかりだ。

「楽しいですか?」

「楽しいですよ。絵画って描き手とモデルの感情が伝わってきていいですよね。写真もいいですけど、絵にしか出せない味わいがありますよね。私この柔らかい雰囲気が好きなんです」

そう言いながらエスポワールは机に置いてある物を手に取る。彼女にバレないように。

「そうです! ペイザージュさん、少し気分転換に散歩に行きませんか?」

ペイザージュはころころ変わるエスポワールの気分に訳が分からないまま、羊たちのいる牧場へとやって来た。

「どうしてここへ?」

「会わせたい人がいるんです」

それは一体誰なのか。不思議に思いながら牧草地へと足を運んだ。

初めに出迎えてくれたのは羊たち。ペイザージュの足元に集まって体をこすりつけてくる。

「はいはい、分かったから。後で遊ぼうね」

羊をなだめながら進むと、夕日に照らされた女子学生の背中が見えた。

エスポワールはその女子学生の傍を通り、背後にまわった。

ペイザージュは歩みを止めた。

「……アンちゃん、なんで？」

女子学生が振り返ってペイザージュに微笑みを向ける。

「……ッ！」

距離を置いてしまった親友のアンソレイユから笑顔を向けられたペイザージュは、踵を返してその場から去ろうとする。

「メ〜、メ〜〜」

しかし、羊の群れに取り囲まれて動けなかった。

「すっごい久しぶり。元気だった？」

少しずつ近づくアンソレイユを前にして、ペイザージュは言葉が出てこない。それでも懸命に絞り出す。

「……なんで、ここにいるの？」

「エスポワールさんにお願いしてあなたを連れて来てもらったの」

ペイザージュは少し離れた所にいるエスポワールに視線を送る。

「彼女はわたしに協力してくれただけだから、責めないでね。わたしずっとペイザージュと話をしたかったの」

夕日に照らされた彼女は美しかった。『白夜の友』を描いた時よりも輝いて見えた。

「でも、アタシはあなたのこと見捨てたんだよ？　話す権利なんてないでしょう？」

「権利ってなあに？　そんなのいつ、誰が決めたの？　わたしはいつでも話しかけてくれてよかったのに」

「駄目なの。それじゃあアタシが」

「逃げたい？　離れたい？　自分が許せない？　そんなこと言っても結局お嬢さまが怖かっただけでしょう？　わたしに合わせる顔がないからとか言って、結局お嬢さまに何されるか怖かったんだ」

「ち、ちがッ……！」

反論しようとするが、アンソレイユの言葉は止まらなかった。

「違わないよね？　お嬢さまがいないところでも目も合わせないなんて。それに何度かわたしの所に来たでしょう？　わたしが気にしてないの、知っていたでしょう？　それなのに逃げたよね？」

ペイザージュはアンソレイユが近づくたびに後ずさる。

図星だった。

本当はお嬢さまが怖かった。アンソレイユから逃げたことを、彼女が許してくれるのも分かっていた。ただ自分が許せなかった。それをアンソレイユと合わせる顔がないと言って彼女から逃げ続けていたのだ。

　ペイザージュには反論の言葉がなかった。アンソレイユはさらに続ける。

「……わたしね、何度も話しかけようとしたんだよ？　でもあなた逃げたの。それがすごく悲しかった。もう一緒にはなれないんじゃないかって。でもね、あなたもそのペンダントを持っていてくれたから、もしかしたらあなたもまだわたしと友達でいたいのかなって。それはわたしの勝手な思い違いだったかな？」

「……ッ！　そんなことない！　アタシ……アタシだって、本当は仲直りしたかった！　でも……」

「怖かったんでしょう？」

　ペイザージュは静かに頷いた。

「もう、一人でもいられないし、アンちゃんのところにも行けなくて……。どこにいればいいのか分からなかった」

　どこにも行き場がなかった。それだけ自分を追い込んでいた。自分を守るためであっても、心のどこかではアンソレイユのことを思っていた。

「アタシ、アンちゃんと一緒にはいられないよ……」

「本当に？　仲直りしたいって今言ったじゃない。それに――」

　そう言って鞄から取り出したものは、ペイザージュの描いていたアンソレイユの肖像画だった。

「なんで、それ持っているの？」

「エスポワールさんから貰ったの。こんなにうまく描いてあるのに捨てるなんて、もったいない」

「なんで捨てるって知っているの」

「ん？　だってここ」

　ここと言って指差した先には、「rupture」の文字。それと、ぐしゃぐしゃにした丸が書かれていた。

「いつもの、ね？」

　それは彼女の癖のようなものだった。

「捨てるって書いてから、結局悩んでぐしゃぐしゃにするの、もう見慣れちゃった」

　アンソレイユはそう言って微笑んだ。

「これ、捨てられなかったんでしょう？　日付が二年前だよ。それだけ長いことわたしのこと思って、悩んで、苦しんでくれたなら、こんなに嬉しいことはないよ。美術館に飾ってある作品だって、三年前のやつ。あそこに飾るモノ、風景画でもよかったのに。なんでわたしの絵にしたの？」

　アンソレイユはペイザージュの本音を聞き出すのがうまかった。もう十年以上も一緒にいるからペイザージュのことは大体分かっている。

「……だって。だって！　どうしても忘れられなかったから！　大好きだから！　アンちゃんとまた一緒にいたくて。でもやっぱりまた一緒になることなんてできなくて」

時間が空きすぎてしまった。もう仲直りなんてできるような距離ではなかった。

「でも今ならできるでしょう？　こうして目の前にいるんだから」

アンソレイユはバッと両腕を広げる。

ペイザージュは今すぐにでもその腕に飛び込みたかった。しかしそんなこと、今の彼女にはできない。

「無理……」

「どうして？　これ以上話を引き延ばしても意味ないじゃない」

ペイザージュは今の思いを余すことなく吐き出す。

「だから、もう少し待って。アタシ、アンちゃんをもう一度描くから。あたしの思いをぶつけるから。時間はかかるけど、アタシはそうでもしないと思いを伝えられないから。アタシはもう、あなたからも自分からも逃げない。アタシ、ちゃんと向き合うから。だから、自分勝手かもしれないけど、待っていてくれると嬉しいな……」

ぽかんとするアンソレイユを見て、何か間違えてしまったか、とペイザージュは泣きそうになる。

「ふふ。ふふふ。あははは。やっぱりねー。そうだと思った」

笑い出したアンソレイユに、今度はペイザージュがぽかんとする。

「分かってたの？」

「だってペイザージュ、仲直りしたい時は必ず何か描いてくるでしょう？　もう何年一緒にいると思っているの。本当のことは聞くまで分からないけど、それでも何となくは分かるよ。だって、親友だもん」

アンソレイユはとびっきりの笑顔を見せた。

その光景をどれだけキャンバスに描き残したかったか。全てが煌めいて見えた。今までで一番輝いていたこの景色は、きっと特別な宝物になる。そう思ったとたん、ペイザージュは体から力が抜けて座り込んでいた。そして大粒の涙を流した。

「ごめんなさい……ありがとう、アンちゃん」

ペイザージュとアンソレイユの周りに羊たちが押し寄せてくる。きっと彼らも嬉しいのだろう。


夕日に照らされた牧場に宵闇が迫る。

エスポワールが二人の間に入るのは憚られたので、先に帰路に就こうとしていた。しかしそれをアンソレイユが止めた。

「でも、もうお嬢さまはいませんし。路地には決して入りませんよ?」

「それでもだめです。お嬢さまがいなくなってもまた代わりが出てくるんですから。それにエスポワールさん、アレの人ですよね？　用心に越したことはありません。三人で帰りましょう」

アンソレイユはペイザージュに目配せをする。それを受け取った彼女はエスポワールの手を取った。まだアンソレイユの手を取るには早かった。

「帰りましょう、エスポワールさん」

二人に挟まれては断ることなどはしない。

「はい、帰りましょう」

夜道を三人で歩いて、エスポワールの泊まっている宿まで帰った。少し恥ずかしかったが、たまにはいいだろう。そんな日があったって。

宿に着いて、エスポワールは彼女たちに一つ質問を投げかけた。

「先ほどの話は本当なんですか？」

「どれですか？」

「お嬢さまの代わりが出てくるという話です。これで平和になるわけではないんですか？」

二人は顔を見合わせた。そんなことを聞かれるとは思ってみなかったのだ。

「うーん。この町の場合は、それだから平和っていうのもあるんですよね」

「どういうことですか？」

「統率と均衡が取れているんですよ。一時期は完全平等主義を掲げて平和にしよう！って言っていた時代もあったそうですけど、結局うまくいかなかったんですよね」

「ル・ミュゼに合ってなかったんですよ。それで結局、今よりも大変なことになって。戦争一歩手前までいったらしいですよ」

「第一、完全平等なんてできるわけないのに」

「そうそう。結局階級と役職は必要なんですよ。ここはちょっと過激ってだけなんです」

「もう少し抑えてくれればいいんですけどね。第一、競争のない世界なんてつまらないじゃないですか」

「ここに必要なのは平等じゃなく、公平」

「そう。学問を公平に学べて、作品を公平に評価してくれる人。それ以外はいらないんです」

「アタシは、努力で生きていく」

ペイザージュがそう言うと、アンソレイユは、

「わたしは、努力と才で生きていく」

と言った。二人は深呼吸をして、決意を露わにする。

皆は平等が良いと言うけれど、それが良いことなのかは今のエスポワールには分からなかった。平等と公平。どちらが優でどちらが劣かなど、決められるはずがないし、比べるものでもないのだから。

## *Date de départ*　―出発日―

駅にはほとんど人がいなかった。パルク・ダトラクションの賑わいを知っているエスポ

ワールとしては、少し寂しくはあった。

キャリーケースを引いて列車の前までペイザージュとやって来た。アンソレイユは学校での早朝清掃があるので来ることはできなかった。

「エスポワールさんはどこまで行くんですか？」

「終点ですよ」

「どうかしましたか？」

そう伝えると、ペイザージュは目を丸くして驚いた。

「ううん！　なんでもないですよ。よかった、持ってきておいて」

ごそごそと鞄から小さな紙袋を二つ取り出した。

「どうぞ！　アタシからはお守りです」

一つの紙袋には赤いお守りが入っていた。もう一つの袋には緑の石と白いハンカチが入っていた。

「あ！　アンちゃん二つも入れてる！」

ペイザージュは、さらに何か贈り物になる物はないかと鞄の中を漁る。

「あ、これどうぞ！　ペンですけどまだ使っていないので！」

兎の小さな人形飾りが付いたボールペンを手渡された。

「ありがとうございます。大切に使いますね」

嬉しくて自然と笑みが零れる。ペイザージュも喜んでもらえて嬉しいのか、笑顔で返事をする。

　発車時間になるまでおしゃべりしていると、いつもの聞き慣れた列車の汽笛の音が聞こえた。

「出発の時間ですかね？」

「そうですね。一週間ありがとうございました」

　エスポワールはそう言って深々と頭を下げる。

　顔を上げるとペイザージュがガッと両手を掴んできた。そして顔をグイッと近づける。

「頑張ってください！　絶対に死神の言う方向には行かないでください！　アタシは、うん、アンちゃんもきっとエスポワールさんの傍にいますから！　離れていても、世界を隔てていても、きっと！」

　勢いと熱に押されてエスポワールはたじろぐ。しかしその思いは本当なのだと目を見れば分かった。

「ありがとうございます。ペイザージュさんもアンソレイユさんも、学業と美術、頑張ってください」

「うん！　頑張って頂点に立ちます！　……その前に仲直りの画を完成させます！」

　少し間を置いてから、二人は軽く笑い合った。

　二度目の汽笛が鳴る。

　エスポワールは急いで列車に乗り込む。

「ペイザージュさん！　またお会いしましょう！」

ペイザージュは少し驚いて、寂しそうな顔をした。そして笑顔で言った。

「……はい！　また会いましょう！」

お互いに手を振ると乗降口の扉が閉まった。

列車が走り出す。地獄と呼ばれる、けれど住む者たちにとっては自然で日常で住みやすいル・ミュゼを去っていく。荒波にもまれて傷ついて塞ぎ込んでも、強く負けないように生きている者彼女たちの町。

ペイザージュはエスポワールを乗せた列車が見えなくなるまで手を振っていた。

# 0-5　不器用な愛だった

列車の中を歩くエスポワールは、ある人物を捜していた。

列車に乗っているのは、ル・ミュゼの学生や研究者や老人が多かった。

七号車から八号車に来たところで、その人を見つけた。

「デジールさん」

それはル・ミュゼに着く前に列車で会った、同じモー・ガール出身者だ。

背後から呼び掛けると、デジールは驚いたのか肩を震わせた。そして怯えたように振り返る。

「……エスポワール」

「顔色が悪いようですが、大丈夫ですか？」

「うん……大丈夫。ちょっと考えたいことがあるから、一人にしてもらえるかな」

血の気が引いたように顔が青白いデジールを放っておくことはできなかったが、無理に一緒にいて気を使わせてしまうのもどうかと、エスポワールは静かに八号車を後にした。

「あれはエスポワール？　……そんなまさか。あたしが？　でもこれは…………はぁ、頭が痛い」

そして天井を仰いだ。

＊＊＊＊＊

ここは、いつもの暗いおしおき部屋だった。

『お母さま！　出してください！』

暗がりは怖かった。何がいるのかが分からないからだ。目に見えるものかもしれないし、見えないものかもしれない。それすらも分からなかった。

『あなた、また例の後輩と遊んできたわね。それにあのライバルの子とも』

『な、なんで』

『はぁー、まったく。なぜバレないと思うのかしら。いいこと？　あの二人とはしっかり決別しなさい。ライバルと仲良くするなんて言語道断。しかもあの子、いつもあなたを追いかけてくる子じゃないの。遊んでる間に追い抜かれでもしたらどうするつもりなの？』

扉越しの母親の苛立った声音に恐怖心が強まる。

『ごめんなさい。……ッ、ごめんなさい。許してください……』

泣きながら何度も謝る。何度も何度も何度も何度も。

自分がいけないと思ったから。

何度ここで死んでしまおうかと思ったことか。思っていてもできなかった。怖かったから。

＊＊＊＊＊

『間もなく、ビブリオテック、ビブリオテック。お忘れ物のなきようお願いします。繰り返します。間もなく……』

エスポワールはいつの間にか寝ていたのか、いつもの車内放送で目が覚めた。

背筋を伸ばして車窓の外を見てみると、停車駅のビブリオテックはもう目の前だった。

二回目の放送だったことに気がついた時には、列車は既に停車しようとしていた。

急いで荷物をまとめて列車を降りる。

駅舎はおしゃれなカフェのような雰囲気だった。天井にはシャンデリアと天窓。壁にはレンガが敷き詰められていた。まるでモー・ガールのような佇まいに、懐かしさを覚える。

町に出ると少し離れた所にデジールの姿が見えたが、まだ何かを考えているのか、俯き、頭を抱えながら図書館の入り口へ向かっていた。だから声はかけなかった。

この町には案内係がいないのか、駅から出ても誰からも声をかけられはしなかった。

図書館の入り口にある金属探知機を通ると、ブーッと音が鳴って緑の光が点灯した。

エスポワールは焦って、金属といえば懐中時計しか身に着けていない体を探る。キャリーケースに何か入っていたかと思い開けようとすると、視界を何かが塞いだ。それはパンフレットだった。白い眉で目元が隠れた老人が差し出している。彼はさらに付箋に何かを書いてエスポワールに手渡した。

『このたびはビブリオテックへのお越しありがとうございます』

付箋にはそう書かれている。

「案内係の方でしょうか」

再び何かを書いた付箋を差し出す。

『私は司書です。館内での私語は厳禁です。全てこのパンフレットに書かれているので、後でご確認ください。それでは、静かな読書をお楽しみください』

エスポワールが目を通すと、それだけ書いて、司書は付箋を回収して入り口のカウンターへ戻っていった。

# 6　図書館の記録

## *Premier jour*　―初日―

ビブリオテックの図書館の中は、まるで魔法の世界だった。五段階に分かれた階層になっていて、背の高い本棚が円形の室内に隙間なくきっちりと並べられ、近くには長机と椅子が置かれ、カフェのように飲み物を飲みながら本を読むことができる。

高い本棚の上にある本はどのように取るのだろうかとエスポワールが周りを見渡すと、ある人は高い脚立を使い、ある人は機械に頼んでいた。

広い開架エリアを抜けると、長い廊下に出た。そこにはパルク・ダトラクションを写した白黒写真が何枚も並べて飾ってあった。

ビブリオテックの図書館は開架エリア、廊下、開架エリアという構成で何階層にもなっている。廊下は五か所あり、それぞれにパルク・ダトラクション、アクワリウム、シネマ、ミュゼ、ル・ミュゼの写真が飾られている。

写真を見ていると、エスポワールがパルク・ダトラクションへ赴いたのがかなり昔のような気がしてくる。懐かしさからまた行きたいと考えるが、今はまだその時ではない。

次にエスポワールは中庭に出た。変わった形の椅子がたくさん置いてある。いくつか露店も出ていたので唐揚げを一つ買って、椅子に座っていただく。座り心地は悪くなかった。むしろ安心するくらいに良かった。

地上フロアを一周して二階、三階へと上がり、開架エリアに入っては出て、目に留まったものを見ては次に行く、ということを何時間もしていると、いつの間にか館内で迷ってしまっていた。

「……私ってもしかして、方向音痴？」

そんな新しい事実を胸に、司書に貰ったパンフレットの地図を見る。今いるのは三階の図鑑図書管理室前。ここから階下に行くには目の前の廊下を真っ直ぐに行き、左に曲がってから二階へ通じる中央の螺旋階段を下りて、そこからさらに移動して一階へとつながる階段へ移動しなければならない。かなり面倒臭い造りになっている。

しばらく歩いて、ようやく図書館から出られた。

「ふぅ、やっと外……」

外は既に暗く、街灯の明かりが辺りを照らしていた。

適当な宿を取ろうと近くを探したがなかった。

見つけた時には既に三十分が経っていた。もう歩き疲れて足が棒のようだった。

シャワーを浴びてボスッと布団に倒れ込む。一息ついてからキャリーケースを開ける。

手帳を取り出してパンフレットを確認しつつ、一週間の予定を立てようとした。

すると、手帳の中からするりと一枚の白い便箋が落ちた。それを拾い上げて思い出した。

別れる時にエクランから、ビブリオテックに行ったら渡して、と言って託されたもの。

「そうだ、エクランさんの。えっと……入り口の図書館司書でしたかね。いいものを見せてくれるって言ってたっけ……」

## *Jour deux*　—二日目—

エスポワールの目の前には、昨日パンフレットをくれた老人が静かに座っていた。

本当にこの人で間違いはないのか、不安はあるが、とにかく声をかけなくては始まらない。

「あ、あの！」

大きな声で呼ぶと、老人はゆっくりとエスポワールに振り向き、口元に人差し指を持ってくる。静かにしてくれということらしい。

「すみません……。あの、これを。エクランさんからです」

そう言うと、老人は素早い動きを見せて、封筒をエスポワールから奪い取った。

彼は封を開けて中身を確認する。

エスポワールがじっと待っていると、老人は徐に立ち上がり、杖を突いて、付いて来いとジェスチャーをする。

エスポワールは訳が分からなかったが、とにかく老人に付いていく。

図書館を下へ下へと下り、地下四階まで連れて来られた。招き入れられた部屋は小さな書斎のようなところだった。

「ここは……」

エスポワールが辺りを見渡していると、老人が大量の本を取り出して机に積んだ。

「えっと……これは？」

老人は付箋をエスポワールに渡す。

『これを読め』

「……これを？」

『あなたの知りたいことが書かれているはず』

一冊手に取ってパラパラと頁を捲る。中身は日記のようだ。

「これは誰の日記？　……あれ？」

気づくと書斎にはエスポワールしか残されていなかった。廊下に出て辺りを見たが、誰もいないようだ。

あの足の悪そうな老人が一瞬にしてどこに消えたのか気になったが、今は目の前のことに集中しよう。

エスポワールは木の椅子に腰かけて、一冊目だと思われる日記を手に取って表紙を捲った。

○月×日
私はどうやら、この宇宙《うみ》を何十日も彷徨っていたらしい。恩人がそう言っているのだからそうなのだろう。シネマに流れ着いたのは運が良かっただろう、ここならばそうそう見つかることはないのだから。

しかし、これから私はどうしたらいいのか。死神から逃げ切って恩人に匿ってもらっている日々。そろそろ何か行動を起こさなければ、ただこの日が過ぎていく。

しかし何をすればいいのか。外に出れば死神に見つかる。ここに留まれば安全は確保されるが、死から逃れるためにここで死にたくはない。

○月×日
昨日書いたことを恩人に相談したところ、安全な仕事場所を探してくれると言ってくれた。彼のことだ、映画制作に協力してくれないかもしれない。彼の映画、あまり人気はないが、私はとても好いている。ただ、ありふれていた。それだけなのだ。

○月×日

ここでの生活も数か月が過ぎた。そろそろ安全な仕事とやらに就きたいが、まぁ、そう簡単にはいかないだろう。死人に口なしとは言うが、私はそろそろ彼に進捗状況を聞きたい。

○月×日

なんと仕事が決まった。ビブリオテックの司書らしい。私は司書の資格は持ってはいないのだが、務まるのだろうか。まあ彼が言うのだから大丈夫なのだろう。

ただ条件があった。ビブリオテックからは出ないこと。声は出さないこと。死人だとバレないこと。そして導きの者と関係を築くこと。

初めの三つは分かるが、最後の導きの者が分からない。聞こうとしたが彼は仕事に行ってしまった。明日にでも聞いてみようか。

○月×日

導きの者とは恩人の家系のことらしい。死神は魂を狩るが、導きの者は魂を導くことを役割としているらしい。ただ死神と違って、死人と生者との区別が正確にできないので、いつも導けるわけではないらしい。

○月×日
ようやくこの日が来た。明日私はようやくビブリオテックへ行く。
ただ行く前に、彼に声を渡した。死神に見つからないようにするための準備らしい。
それから口を滑らせないようにするために。彼が亡くなると元に戻るらしいが、どう
せ口がきけなくなるのだからそれでもいいだろう。不便かもしれないが、じきに慣れ
る。私はそう思う。

○月×日
ようやくビブリオテックに着いた。とりあえず今日は書くことがないので、初めて
今までの状況を整理してみようと思う。
1．私はあちらで死に、今ここにいる
2．記憶を探して旅をしていた
3．記憶の石は全て揃った状態で手元にある
4．死神に提示された二つの選択肢から私は死を選んだ
5．しかし怖くなり宇宙《うみ》へ逃げ込んだ
6．恩人との再会
7．そしてビブリオテックへ
こんなものだろう。

しかしよく七つにまとまった。七には『全ての』という意味があるらしい。七つの記憶は、全て思い出せるようにという暗示なのだろうか。分からないが、とにかく明日から仕事を頑張りながら、ここのことも調べるとしよう。

○月×日

なかなかに骨が折れる作業だった。一年だろうか。それとも二年？　ここにいると時間感覚が狂う。が、私はやり遂げた。全てとはいかないが、これで大体のことは分かったのではないだろうか。しかしここに書くわけにもいかない。ああ、しかしこの日記帳はもう最後の頁だな。新しいのを使おう。それがいいだろう。

○月×日

メール・モーの分かったこと（書き写した内容の元のメモはきちんと燃やしておくこと）。

メール《こ》・モ《こ》ーではモー・ガールを中心にいくつかの鉄道路線があり、途中駅のそれぞれの町で人々が暮らしている。

例えばこの路線ならば、パルク・ダトラクションは夢を与え、アクワリウムは癒しを与え、シネマは高揚感を与え、ミュゼは知識を与え、ル・ミュゼは美を与え、そしてビブリオテックは今までの全てを与える。

大げさなんじゃない。そうなっているのだ。ビブリオテックでは、その町に至るまでの五つの町での思い出を呼び起こしてくれる。私がそうだった。滞在した一週間とその後の長い時間の中で、既にパルク・ダトラクションとアクワリウムでの思い出は消えかけていた。そうなるように仕組まれているらしい。

さて、私は終着駅まで来て全ての記憶を思い出した。そこで疑問となることがいくつか出てくる。

一つ、なぜ記憶はバラバラになってしまったのか。

二つ、なぜビブリオテックに私は来たのか。

三つ、なぜこの世界での記憶が植え付けられているのか。

一つ目はなんてことはなかった。私は事故に遭って頭をぶつけて死んだらしい。死んだ、は語弊があるか。死にそうになっていた。つまるところ寝たきりらしい。今もそうだ。魂は私のままなのだから。

記憶を失った魂を死神が狩ると、つなぎ止めるものがなくなってバラバラになるらしい。これは恩人に教えてもらった。彼は時々私の疑問に答えてくれた。完璧な答えではなかったが、それでも助かった。ここに感謝を記す。ありがとう。

さて、二つ目の疑問に移ろう。

私はなぜここに来ることになったのか。……これもほとんどは恩人から教えてもらった。今さらだが、ビブリオテックには死神に関する本がほとんどない。検索したところでエラーが出て終わりだ。

話を戻そう。なぜビブリオテックに来ることになったのか。それはメール・モーが、私の生きていた地球という場所と密接に関係しているからだそうだ。

今書いている私でも困惑している。読み返してもきっと困惑する。

簡単に言うと、メール・モーは、あの世とこの世をつなぐ……この場合、あの世は死後の世界、この世は地球、その間にある三途の川と呼ばれる境目の役割らしい。川なのにメール《死》・モー《海》、つまり海とはややこしい。

とにかく、メール・モーはそういう所らしい。

地球という場所が生まれてからずっと、同じ時の流れの中で文化を築いてきたこの世界は、地域がばらけているだけで、あまり変わりはないそうだ。これについてはどこまで本当なのかは分からない。恩人もあまり自信はなさそうだった。明確なことは、メール・モーは地球に住む者の魂が行き着く場所、溜まり場、通り道ということだ。ただし数年、もしくは数百年に一度、記憶をなくした魂が迷い込む。

私は頭をぶつけたから、と書き記しはしたが、頭をぶつけたら必ずしも記憶をなくすとは限らない。時と運と様々な要因が合わさって記憶喪失になるらしい。

ここで、関連する一つ重要な情報を記す。

メール・モーの中心モー・ガールこそが、地球という場所で未練を残して死んだ者の魂と、死んではいないものの記憶をなくした者の魂が集う場所だそうだ。モー・

ガールにいる八割は死者で、残り二割は住人と駅の従業員らしい。記憶を喪失し、記憶の石を集めるのは、地球で死んで、いや、死んでというのは正確ではないが、とにかく魂になってモー・ガールに来た者だけらしい。
　ここで最後の疑問――。

老人が部屋の外から扉を叩いたが返事がない。何かあったのかと慌てて扉を開ける。中は特に変わった様子はなかった。ただ一つを除いては。

木製の椅子に腰かけているエスポワールは、顔が青ざめ、魂が抜けたように全身から力が抜けている。体全体を椅子に預けている。

老人は取り出した付箋に文字を書いてからもう一度、今度は強く扉を叩く。

すると、その音に気づいたエスポワールは体を震わせて視線だけを老人のいる方へと向けた。

『何か分かりましたか』

そう書いた付箋を彼女に突きつける。

返事はない。なぜなのかは、この老人は分かっていた。それでも彼女の返事を待った。

「……私。……ッ、……死んでいるんですか？」

その声は、虫の音よりも小さく。そして震えていた。

いくら考えても答えは一緒だった。

それは1＋1＝は2であるという事実を曲げられないほどのものだった。

なぜ、レーヴの両親が娘にエスポワールを近づけたくなかったのか。

なぜ、オリジヌはエスポワールの出身を言い当てることができたのか。

なぜ、オリジヌとペイザージュは別れの際に悲しい表情を見せたのか。

なぜ？　そんなこと、今ならすぐに分かった。

「……私が、死んでいるから」

二人はもう彼女に会えないことを知っていた。だから『また来る』『また会おう』と言われて悲しんだのだ。

お嬢さまの言っていたことは本当だったと思い知らされた。

「もう、何もしたくない」

このまま進んでも『死』という得体の知れないものしかない。自分探しをして、見つけて終わりではなかった。もうその先には何もないのだ。死んでしまえばもう何もない。

「でも、願いは叶ったかな」

知り得た記憶ではエスポワールは死にたがっていたのだ。それだけで言えば、こうも実感のできる『死』はないだろう。

「でも、せっかく生きたいと思えたのに。まだ進めると思っていたのに……！」

悔しさからシーツを強く握る。

この先には何もない。そう思うと心が空っぽになる。そして恐怖が押し寄せる。

昨日宿へ帰ってきてからずっと泣いている。涙が出なくなるほどに泣いていた。

ベッドに突っ伏していると、コンコンッと窓ガラスを叩く音が聞こえた。

顔を向けると、少女が空を飛んでいた。

「と、飛んでる!?」

「ああ、違う違う。これクレーンで吊るしてるだけ」

とんがり帽子をかぶった少女は、鞄から何かを取り出した。

エスポワールは窓を開ける。

「速達でーす。エスポワールさん宛に、二通と、一通は普通のね。えーと、レーヴさん、エクランさん、オリジヌさんからお預かりしてまーす。どうぞ。兎のお姉さん」

「兎？」

「目、真っ赤だから」

言われて袖で目をこする。

「そんなことしたらもっと赤くなっちゃうよ。お話聞きましょうか？」

気さくな彼女に安心したエスポワールはポロッと言葉を漏らした。

「例えばの話なのですが。もし自分が、あり得ない事実を突きつけられたら、あなたならどう思いますか？」

「なにそれ？　もしかしてわたし魔法使いになれる!?」

「えっと、そうではなくて……」

少女は笑った。

「あはは。分かってるって。冗談冗談。うーん、それって悪い方向で？」

エスポワールは頷く。

「そうだなー。わたしはもう何があってもいいように、後悔しないように生きてるからなー。でもそうだな。死ぬ前には魔法使いにはなりたいかな」

「魔法使い？」

「そ、わたしの夢。これ叶えるまでは絶対に死ねない。最悪手品師でもいいかな。こう、ババーン！　って鳩を出したり」

彼女が両手を広げると、後ろから鳩が数羽飛び立った。

「すごい……」

「本当!?　ありがとう。もっといろいろできるけど、今回はここまでね」

もっと鍛錬しないとな、と楽しそうに話す。

「あの！　私、あなたの夢、応援してもいいですか？」

そう言われた少女はエスポワールを見つめたまま固まった。

「……うん。ありがとう」

「迷惑でしたか……」

「え、違うよ。感動してるの。わたし感動すると固まっちゃうんだよね。ありがとう！　やっぱりそう言われると嬉しいな」

「本当ですか？」

「うん。親に定職に就けって言われてるけど、まだ頑張っていいんだ。夢を追いかけていいんだって思えるから。頑張る。ありがとう兎お姉さん。わたしもお姉さんの夢応援してあげる！」

「え……。えっと、私はいいですよ」

「えー、なんでー？」

だって叶える夢も道もないから。そう答えたかった。けれど言えるはずもなかった。

「……フレー！　フレー！　お姉さん！　頑張れ頑張れお姉さーん！　元気を出して！　その道がどんな道だろうと、違う道も逃げ道も助けてくれる道もあるはずだよ！　だから頑張って！」

エスポワールの落ち込む姿を見て、少女が大声でエールを送る。

彼女は輝いて見えた。生命力を感じた。

「諦めたらそこで終わりだよ！　お姉さんはここにいるんだからさ。死んでいたとしても、ここでできることはあるよ！　だって、この町にいるってことは未練があるってことだから！　思い残すことなく死んでたら既にメール・モーから放り出されてるはずだからね！」

「そっか……そう、ですね。探してみます、自分の道を」

エスポワールの言葉を聞いて、顔を見て、少女は満足そうな笑みをエスポワールに向けた。

「こら！　バイト！　こんな所であぶら売ってんな！」

下方から男性の怒鳴り声が轟いた。

「げぇ！　鬼先輩！」

「聞こえてるぞ！」

エスポワールが少し彼女から目を離して、先輩の方に視線を送った。

「じゃあねお姉さん！　わたし、ちゃんとお姉さんの夢応援してるからねー！」

その一瞬の間に、少女は隣の家の屋根に移っていた。一体どのようにして移動したのか、見当もつかなかった。

「今の瞬間移動、すごく魔法使いみたいでしたー！」

そう素直に感想を届けると、少女は笑顔で手を振って去っていった。

心が少し落ち着いたエスポワールは三人からの手紙を読むことにした。泣いている場合ではないと自分に言い聞かせた。

初めにレーヴ。

『to　エスポワール

久しぶり、えっちゃん。

この箱面白いね！　カチカチってうまくやらないと開かないの。初めは説明書見ても開けられなかったんだけどね。もう大丈夫。

あたしの宝物を入れておくことにしたの。これで何があっても大丈夫！　お父さんは二回で開けちゃったけど！

あたしからはパルク・ダトラクション限定！　折り畳み付箋セット！　全部で百枚くらいあるからいっぱい使ってね！

えっちゃんはもうすぐ終点かな？　まだビブリオテックかな？　とにかく進むのみ！

終点に行ったら、どんな所だったか教えてね！　あたし行けないらしいから。

from　レーヴ』

読み終えると、自分が涙を流していることに気がついた。

これが最後の文通だと思うと、悲しくて自然と涙が出てくる。

涙を拭き取って、手紙と一緒に入っていた付箋セットを広げる。中には、細長いものや正方形のもの、キャラクターの形をしたものが五、六種類入っていた。見ていると遊園地の景色が自然とよみがえる。

再び泣きそうになるのを我慢して、次にオリジヌからの封筒を開ける。

『to　エスポワール

久しぶり。元気だったか?

今はどの辺りだろうな、元気にしていれば問題はない。

さっそくだが、オルディナトゥールの話に移ろう。あいつのCPUを調べてみたんだがな、記憶の方は問題ないらしいんだが、どこを探しても結局ウイルスが出てくることはなかった。既にいないのか、もしかするとまだどこかに潜んでいるのかもしれないが、セキュリティに問題はないし、スキャンをかけても問題はないから恐らく大丈夫だとは思う。

まあ、あんまり心配はしないでくれ。今のところ安心はできる。それだけは伝えたかった。それからオルディナトゥールの躰のことだがな、こちらもどうにかなりそうだ。時間はかかるけど、今回は父さんの部下も手伝ってくれるから、予定より早くに終わると思う。

そうだ。父さんとあの後、話したよ。俺の知らないことだらけだった。実際の俺の両親がどんな人だったのかは覚えてないから何とも言えないけどさ。それでも今まで通りにしてくれると嬉しいって言ってくれたから、嬉しかった。

それから、ボロネーゼを作ってみた。エスポワールのとは少し味は違ったが、まあ、美味しいと言ってもらえた。ありがとう。

最後に。エスポワール。君に幸多からんことを。

from　オリジヌ』

オリジヌと館長が元気そうでよかったのと、オルディナトゥールが無事に元に戻れそうだということを読んで一安心した。

自分の記憶で命を一つ助けられた。それだけで、記憶の石を使ってよかったと思った。

手紙を封筒に仕舞おうとすると、中に何かが入っていることに気がついた。

手に取ると、それがメモ帳のようなノートだということが分かった。一頁ずつ違う種類の恐竜が描かれている。その最後の頁に、ガーベラの押し花があった。

「……こんなことされたら、否応なしに泣いちゃうじゃないですか」

ガーベラの花言葉は、『希望』『常に前進』。

「そうだ。私、ガーベラのようになるのが目標だった」

『ガーベラ』のように、『希望』を抱いて『前進』していく。そう決めたのだ。

最後に開けたのは、エクランからの手紙。やけに厚かった。

封筒の中には六通の手紙と、ガラス細工のカバーがついた手鏡が入っていた。


『ｔｏ　エスポワール！


こんにちは！

元気？　あたしは元気！

今は次の撮影までお休みなんだ。

この間ねー、ろんと一緒に久しぶりにアクワリウムに行ってきたんだ。いつ行ってもあそこは綺麗だね。

そうそう、その時にね、誰だっけ？　……あ、そうだ、アビメスって人の深海生物の解説を聞いてたんだけど、その説明がすっごく分かりやすくって、やっぱり専門家の話を聞くのと説明書を見るのとでは全然違うね。

まあ、話はこの辺で。

あたしたちはエスポワールの旅をずっと見守ってるから、ケガしないようにね。

ｆｒｏｍ　ゆん』

『to　エスポワール

元気ですか？　こちらは変わりなく元気です。
俺は特に書くこともないのでこれで失礼します。

from　ろん』

『to　エスポワール

久しぶりっすねー。エスポワールさんは元気っすか？　俺は元気じゃないです！　編集と雑用と雑用と編集と……、とにかく休む暇がないっす！　おかしい、俺はもう休んでいいはずなのに……。まあそんなことより。手鏡見たっすか!?　あれ俺たちの手づくりなんすよ！　綺麗にできたと思うんすけど、どうっすか？　感想もらえると嬉しいっす！　俺も頑張るんでエスポワールさんも頑張ってくださいっす！　俺たちはずっと応援していますから！　あの時の映画はもう少しで出来上がるんで、ぜひ見に来てくださいっす。

from　りゅう』

三人の手紙を読んでエスポワールは思ったことがある。

「そっか。私がこの状態って知っている人って、あんまりいないんだ」

知っていると思われる人物は、エスポワールが思い出せるだけでも、レーヴの両親、エクラン、助手、オリジヌ、ペイザージュくらいだろう。

「死者をもてなす……。死者と生者の区別って、どうしてるんだろう」

モー・ガールから来るのはほとんど死者。モー・ガールのポルト行き列車に乗り込んだ人は大勢いたが、その中から死と生の区別をつけるのは難しいだろう。かく言うエスポワールもそこまで気にしていないし、気づいてもいない。

手紙の最後に書かれていた、手鏡を手に取る。

「手づくり……」

微かに光を通すガラス細工はキラキラしていた。手づくりということもあってか、ところどころ歪な形をしていた。それがいい味を出している。

もう一枚入っていた紙には、監督たちとエスポワールの似顔絵が描かれていた。そこに『またあそぼうね！』と書かれていた。

子供たちのプレゼントにほっこりとした気持ちになった。次に手に取ったのは助手からの手紙だった。

『to　エスポワールさん

太陽が輝く日が続いております。いかがお過ごしでしょうか。

こちらは恙なく日々を過ごしております。

変わったことがあるとするならば、りゅうが少し細くなってきたことくらいでしょう。こき使われていますが、心配するほどでもありません。

僕はと言えば、相も変わらず片思いしながら日々を過ごしております。

幸せな日々を壊さぬように、壊されぬように。

死神はこの世を支配する者です。最後にあなたに二択を迫るでしょう。

しかし早急に決断を下してはいけません。時間はあります。あなただけの第三の道を探してください。さすれば、あなたの行きたい道へ行けるでしょう。

あなたの道に幸多からんことを。

from　助手』

「二択？　第三の道？　何のことだろう」

この後分かることなのか。何のことなのかはまだ分からないが、覚えておいて損はないだろう。

『to　エスポワール

やっほやっほー！　エスポワール元気ー？　エクランだよ。

これを読む頃には、司書の日記を読んだ頃かな？　気を落としていないといいけど、って言っても無理な話かな？

ごめんね。君に現実を突きつけて絶望してほしかったわけではないんだ。

ただ君には生きていてほしい。まだ生きる活力を感じるから。あと、まあ、わたしのお気に入りになっちゃったからね。

どうしても生きても死んでもいたくない時は、いつ来てもいいからね。養うよ。なんて。冗談。真に受けないでね。君は向こうでまだやらないといけないことがあるでしょう？

これだけは忘れないでほしいんだけど。どこに行ってもわたしたちはあなたのことを忘れない。映画も撮ったからね。ここ、メール・モーにいた証明はできる。とにかくわたしたちはシネマにいるから。辛くなったら思ってくれている人がいることを思い出して。全てを決めるのはあなただけれど、それでもわたしたちはあなたの死は望んでいないから。それだけは覚えていてほしい。

決断する時は必ず来る。近いうちに、すぐにね。

あなたの進みたい道はきっとあるから。

だから諦めないで。もう少しだけ頑張ってみて。

じゃあねエスポワール。残りの旅も良いものになりますように。

from　エクラン』

全てを読み終えて、エスポワールは宿を出た。財布を持って土産物店まで走る。便箋と十人分のステンドグラスのしおりを買って急いで宿へと戻り、机に向かいペンを持つ。今までお世話になったことへの感謝と、もう会えないことを書き記す。

手紙を書いていて一番心配だったのはレーヴのことだ。エスポワールと友達になって文通をしてくれた彼女は、もう会えないと知ってどのような反応を示すのだろうか。あの頃のエスポワールは何も知らなかった。だから、『今度は皆で演奏を聴きに行こう』など軽はずみな約束をしてしまった。今となってはあんな約束をするべきではなかったと思う。

もしかするとこれを機にレーヴは、エスポワールのことを嫌いになるかもしれない。嘘つきと罵られるかもしれない。それでもこの運命は変えられない。だから手紙に全ての思いをのせる。

エスポワールがどれだけレーヴのことが好きなのか。それから世話になって、さらに世話をかけさせるのは気が引けるが、エクランにレーヴのことを頼むことにする。両親や先生ならば、この手紙を読めばエスポワールが置かれていた状況は分かるとは思うが、恐らくエクランに任せた方がうまく話がまとまるだろう。

「……できた！」

全て書き終えてベッドへボスッと倒れ込んだ。

泣いて話して走って手紙を読み書きして、少し疲れてしまった。瞼が重い。エスポワールはそのまま深い眠りに落ちた。

## *Jour quatre* ―四日目―

翌日、エスポワールは朝早く、開館の時間に図書館へと赴いた。

「司書さん、またあの日記を見せてもらえませんか」

決意を固めた彼女の瞳を見た司書はすぐに立ち上がり案内する。

地下の部屋に着いて鍵を開ける。日記は一昨日読みかけの状態で置かれたままだった。

「ありがとうございます」

お礼を言うと、司書は何か書き記した付箋を突き出す。

『閉館時間になったら来ます』

『それまでに出る時は、そこの電話でお呼びください』

扉のすぐ右横に、茶色い電話機が掛けてあった。

「分かりました。何かあれば連絡します」

返事を聞いて、司書は部屋から出ていった。

エスポワールは日記を手にして深呼吸をしてから椅子に腰かける。

『メール・モーの分かったこと』の続きを読む。


ここで最後の疑問。

なぜ、私にはここで暮らしてきたかのような記憶が植え付けられているのか、だ。これは誰も詳しく分かる人はいなかった。どの本にも書かれていなかった。禁書を見たりもしたが、目星いものはなかった。

ここで私の見解を書いておこうと思う。

死んで、または死んではいないものの記憶をなくし彷徨っているのは、ほとんど全員が地球から来た者だ。見知らぬ土地、見知らぬ世界に混乱したら何が起こるのか分からない。周りはレンガに囲まれ、外は宇宙《うみ》。その宇宙《うみ》に線路が延び、列車が走る。そんな、地球の者にとってはきっと非現実な光景を見たら、記憶がないといっても人間としての観念から逸脱している状況に耐えきれず、きっと暴れ狂うだろう。

その中でも一番大きなものは死神の存在だろう。彼らは魂を欲する。自分探しをさせて、最後に現実を突きつけて魂を狩る。これはほとんどの者が知らないらしい。死神は、その町の住民に死者を弔うためとしてもてなしを強要するが、死神は最後に絶望を与える。その絶望が要なのだろう。より深く絶望させるために楽しい旅をさせる。

死神は旅する者を決して逃しはしない。必ず殺す。魂を狩るのが仕事だから。扉に行こうが、列車に戻ろうが絶対に死んでしまう。

しかし私はここで生きている。第三の道を選んだ。あれ以降死神とは会っていない。私を諦めたのか、探しきれないのか。とにかくこのことで最後の選択が二つ以上あることは分かった。無理ではないのだ。道はどこかにはきっとつながっている。

「第三の道。扉ってなんだろう？　列車……。もしかして、助手さんが書き記していたこと？　道を開くには……自分でどうにかしないと……ん？」

視線を外すと、大きな付箋が付いた別の日記帳を見つけた。

付箋には、『エクランさまからの言付け』と書かれていた。

エスポワールはすぐに表紙を開く。

○月×日
ここに来てからもう何年が経ったのだろうか。顔には皺が増え、視力が大分落ちた。恩人ももう何年も前から見なくなった。

それでも私はずっとここで働いている。なぜ働いているのかも分からなくなってきた。

いつかここから抜け出せる日は来るのだろうか。

○月×日
今日はエクランという少女が図書館へとやって来た。私に用事があると言って。私は警戒をした。

彼女は恩人の孫にあたる人だということが分かった。彼女も導く者で、シネマの監督をしているらしい。そんな彼女に言われた。

「二年後に記憶喪失の娘がここを訪れる。だからその時は手を貸してほしい」と。

私には意味が分からなかった。

私が頭を捻ると彼女は、「記憶喪失で記憶の石を探している。と言えば分かるか？」と尋ねてきた。

私は必死に頭の中の記憶を引っ張り出す。

ああ、それはもう何十年も前の話だ。私は忘れていた。私もそれであったことをすっかりと忘れてしまっていた。

その時私は思ったのだ。

私はきっとこの娘のために生かされてきたのだろうと。

彼女は言った。

「もしかするとあなたの行動次第では、死神に見つかる可能性が出てくる。そうすればあなたはきっとここでも生きられなくなる」

でもそれでもよかった。もう何十年も、もしかすると何百年も生かされてきたのだ。誰かの助けになって死んだら、ヒーローみたいで格好良くはないだろうか。それにもう、耄碌して頭が働かない。そろそろ休んでもいいだろう。

最後に彼女は「わたしは未熟者で、導く者なんて大層な名は名乗れない。だから誰か助けが欲しかった。しかし今の話を聞いて嫌になったのなら、消えたくないのであれば受けてもらわなくても構わない」と言った。

しかし私は断らなかった。消えてしまってもいいから手伝わせてくれと、そう私から頼み込んだ。

すると彼女は満足そうに微笑んだ。

娘を見分ける方法は一つ。真っ白い手紙を渡されるという。

彼女は不安げにしていた。どうしたのか聞くと、自信がないそうだ。父から受け継いで、あまり年数を重ねていないのだろう。

話を終えて別れ際に彼女に言われた。

「あ、そうだ。あなたはわたしのことをお嬢さんと書いていましたが、わたし、男なんです」

そう言えばある家系は、死神から身を護るために、一定の期間は、性別が曖昧になると、恩人が言っていたような気がする。恩人の孫であることの確認をとるために、彼女に家族写真を見せてもらったが、親、兄弟、恩人と髪の色が全く異なる。雰囲気はどこか似ているが、何かが違う。そう感じた。

彼女の髪色は遺伝ではないはずだ。彼女の本当の姿はどのようなものだろうか。


エクランへ送る手紙に書く内容が増えてしまった。

「私こんなに前から……」

エスポワールは泣きそうになるのを、頭を振って我慢する。

「いけない！　笑顔よ！　泣くのはまだ早い！」

気合を入れて、元の日記帳を再び手に取る。


先月新たに分かったことをまとめる。

ピュルガトワール——私は見たこともないが、そういう場所があるらしい。自分の快楽や八つ当たりを目的とした身体的攻撃や精神攻撃や同族殺しは特に罪が重く、ピュルガトワールに来ることになるらしい。

そこでは死者の中から選定された者からさらに厳選された者だけが永遠に放り込まれる地獄があるらしい。さらに苦しむようだ。選定されても見逃された者は、一度地獄に連れて行かれてから天国へ送り返されるらしい。本当かどうかは分からない。選別するのは死神なのだ。結局ピュルガトワールを一番詳しく知るのは死神なのだろう。

エスポワールはピュルガトワールを知っている。炎が渦巻く大火災のような場所。思い出すだけで鳥肌が立つ。

苦しんだ先にあるのは苦しみ。天国へ行けるかは死神次第。自分がピュルガトワールに行ったことを想像すると、さらに鳥肌が立つ。

頁を捲ろうとすると、ぎゅるるる、とお腹の鳴る音がした。

「……お腹空いた。あ、そうだ。電話しないと」

出る前には呼んでくれと言われた。エスポワールはすぐに電話をかける。

呼び出し音が五回聞こえたところで司書が電話に出た。

外に出たい旨を伝えると、すぐに来てくれた。

エスポワールは日記の持ち主とエクランについて言っておきたいことがあった。

「司書さん。私何も知らなかったんです。でも知らない中でも誰かに導かれていたんです。うまく事が運ぶように」

エスポワールは司書の後ろで立ち止まる。

彼が振り返る。

「ありがとうございます。私、知らぬうちにいろんな人たちから支えられていたみたいです。あなたからも、きっと。だからありがとうございます。私生き抜きます。死神なんかには負けないように。自分の道を探します」

司書の表情ははっきり見えなかった。

けれど彼は今の言葉を聞いて、安心していつでも眠ることができるだろう。

「あ、そうです。これを渡そうと思っていたんです」

エスポワールが懐から取り出したのは、土産物店で買ったしおりだった。

「司書さんにもお世話になったので。受け取ってくださると嬉しいです」

エスポワールが差し出すと、彼は少し間を置いてからそれを受け取った。

そして付箋を取り出して何か書こうとしたが、手が止まる。

背筋の曲がった体を伸ばして顔を上げて、エスポワールとの視線を同じにする。

「……ア……あり……ありが、とう」

「！」

「……ありがとう。……エスポワール、さん」

それは数十年、いや、数百年ぶりに絞り出した言葉だった。

ガラガラでたどたどしい声音でも、嬉しかったのだということは分かった。エスポワールはそれがとても嬉しかった。

「はい！　どういたしましてです。こちらこそお世話になりました」

彼は彼女の笑顔を見て、もう大丈夫だと、彼女を送り出せると安心した。

地上まで出ると、司書はエスポワールを引き止めて机の中からポシェットを取り出し、彼女に手渡した。

『大切な思い出を入れておきなさい。きっと向こうに行っても、消えないはずだから』

そう書かれた付箋を見て、エスポワールは嬉しくなった。

「ありがとうございます。大切に使います」

ポシェットを優しくぎゅっと抱きしめた。

彼女を送り出して、司書はいつもの入り口近くの机で一息つく。

「もう、いいか。……私も、そろそろ……逝っても……いいじゃろうて。……なあ、恩人よ」

俯いて、そんな誰にも聞こえていないような声で呟いた。

彼は死神に見つからないように、声を発さないで過ごしてきた。発せられないようにされていたのだ。しかし恩人が死んで、話せるようにはなっていた。ただそのことを忘れていた。

　この声が聞こえているのなら、死神に見つかるのも時間の問題だろう。

　外に出ると曇り空だった。今までにないほどどんよりとしていた。まるで気を静めろとでも言いたげに。それでもエスポワールは気合を入れて、とりあえずレストランへと向かう。

「確か便箋は余ってたから、買わなくても大丈夫かな」

　カランカラン。

　扉を開けて店に入る。

「いらっしゃいませー。お一人さまですかー？」

「はい……」

　店内に視線を向けると、デジールの姿があった。

　声をかけたかったが、列車でデジールに、一人にしてくれと言われた後だと気が引ける。

　そんなエスポワールにデジールも気がついたのか、手招きしてくれた。

「あ、あのやっぱり、彼女と待ち合わせです」

　エスポワールの言葉を聞いて、スタッフは「どうぞ」と彼女を席へと案内した。

「お久しぶりです。相席よろしいでしょうか」

「いいよ。あたしが呼んだんだから」

席についたエスポワールにスタッフがメニュー表を渡す。その中から彼女は、三段アイスクリームの苺パフェを頼んだ。

「よくそんな甘いの食べられるね」

「私甘いの好きなんですよ」

「あたし苦手」

「お待たせしましたー。ご注文の苦み三倍増しのティラミスとコーヒーのモカですー」

デジールの前に置かれたのは、苦さを通常よりも少し強くしたティラミスとモカ。

「苦いのがお好きなんですか？」

「別に、好きでも嫌いでもない。甘くなければそれでいい」

「そうなんですか」

デジールはずっと窓から曇天を見ている。その顔からは感情が読み取れなかった。

「ねえ、あなたはなんでエスポワールっていうの？」

「え？　えーっと。なぜでしょうか。私考えたことありませんでした」

「そう。いいね、エスポワール。あたしはデジールだよ。なんでだろうね」

デジールの言わんとしていることが分からない。エスポワールは自分の名前の由来を知らないからだ。

しばらくしてエスポワールの頼んだパフェも運ばれてきた。

その後二人に会話はなかった。ただただお互い食べ進めて、一緒に店を後にした。

外に出ると、黒い人影が二人に近づいてきた。

「お客さま。そろそろ列車が発車するお時間になります」

そう言ったのは、背の高い車掌だ。

「どういうこと？　あと三日はあるはずよ」

「事情が変わりました。今すぐに乗ってください」

強制するような強い声音に、デジールはもう反抗的な態度は見せなかった。

「一時間ください」

車掌とエスポワールの視線がぶつかる。

「かしこまりました。今から一時間後に列車にお乗りください」

それだけを言って車掌は駅の方へ去っていった。

「どうしたんでしょうか」

「さあ。でもこれでいろいろできます。では、また列車で」

そう言うデジールに挨拶をしてエスポワールはすぐに宿へと戻る。

部屋へと戻ってきた彼女は、キャリーケースを開けて大切なものを取り出し、ポシェットへ入れようとしていた。すると、

「あ、これは……」

中に、紫色の記憶の石が入っていたことに気づいた。

エスポワールはその石を懐中時計に埋め込んだ。

＊＊＊＊＊

目の前には山が広がっている。これほどの遠出は初めてかもしれない。息を吸うと、冷たく新鮮な空気が肺の中を満たした。

ここで自分は死ぬんだ、そう決めてから何日経ったのだろうか。ここならすぐには見つかることはないのに。

景色を眺めて三十分が経つ。一向に足が先に進まない。崖っぷちの道のガードレールを乗り越えれば、谷底へ落ちることができるだろう。

当たりどころが悪ければ、すぐに逝ける。

しかし足が動かない。谷底を見ようとしても視線が動かない。目の前の山を見るばかり。こんなに意志が弱いのか。こんなに怖いものなのか。生きるのが難しいならば死ぬのは簡単なことだろうと思っていたが、そんなことはなかった。

『どっちにも行けない。なんて、なんて、……惨めなの』

泣くことすらできない。笑顔にもなれない。なら彼女はどんな表情でどこに行けばいいのか。

『一歩。一歩だけ。超えればいいんだから』

身を投げるだけ。

冷たい風が頬を撫でる。でも背中は押してくれない。

鳥でも何でもいいから押してくれないかと祈るが、小鳥は囀っているだけだった。鷹や鷲など気配もなかった。

どこからか自転車の漕ぐ音が聞こえる。それは巡回中のお巡りさんだった。

『君、こんなところで何してるの。この辺じゃあ見ない顔だね』

お巡りさんはまだ若そうに見えた。

彼は自転車を押して、彼女の隣に来る。

『悩み事かな』

『…………』

『オレもねー、悩み事があったらここに来るんだ。なんか全部どうでもよくなる』

彼の話など耳に入っていなかった。

『ね、ここを下りたところに交番があるからさ。話聞くよ』

そう言って彼女の腕を取る。それでも彼女は動かない。

『あのさ、違ったら言ってほしいんだけど。君もしかして、飛び降りようとしてる?』

その言葉に驚いたのか、彼女はお巡りさんを見上げる。

『君、オレの従姉と似てるんだ。従姉もさ、自殺する前同じような顔してた。表情があるようなないような。悲しそうなようで、そうでないような、よく分からない表情。その時、なんでそんな顔してるのか聞いたんだ。そしたら、「私、明日星になるんだ。空を飛んでね、自由になるの」って。その時は少し笑ってたかもしれない。その時のオレはまだ小さかったからか、何のことかさっぱりだった。でも次の日に従姉は学校の屋上から飛び降りた。「星になる」の意味が分かったのはもう少ししてからだった』

『なんでそんな話をするんですか?』

見ず知らずの女性にいきなりそんな話をするなんて、普通じゃ考えられないと思った。

『生きていてほしいから』

考えもしていなかった言葉は、彼女の心に響いた。

『今会ったばかりじゃないですか』

『でも縁《えにし》は結ばれたから』

『えにし?』

『そう縁。つながりができたんだ。オレは君のことを何も知らない。けれど目の前で見殺しにするほどオレは冷酷じゃない』

『助けた方が冷酷かもしれないとは考えないんですか』

彼は目を丸くした。

『それは考えたことなかった。ふむ、新しい考え方だ。覚えておこう。でも、見放す優しさはない。と、いうわけで、交番まで付いて来てもらう!』

彼は再び彼女の腕を引っ張る。彼女の足が一歩前に出る。

それを確認すると、彼は彼女を道の反対側まで連れて行った。

『そうだ。これあげる』

胸ポケットから出したのは、彼の名刺。裏には時間が書かれていた。

『これはオレのいない時間ね。その時間以外は大体交番にいるから。電話してくれれば相談くらいはのるよ。あんまり長電話はできないけど。気分転換でもいいし。オレもたまには若い子と話したい』

この辺りの村は過疎化が進んで、交番に来るのは暇を持て余したお爺さんお婆さんばかり。しかも同じ話が多い。

一緒に交番に詰めているのは、口の堅い上司だと話す。

『なぜオレが配属されたのか分からない』

『異動させてもらえないんですか？』

『オレ、異動したいなんて思ったことないけど』

『だって今……』

『配属理由は分からないし、爺さん婆さんは同じ話ばっかりするし、暇もしてる。オレはもっと大きい所で活躍したかった！　って誰にも聞こえないようによく叫んでる』

彼女が口を挟む前に彼が話を続ける。

『けど好きなんだ。この村と人と生き物が。たまに理不尽に怒られることもあるけど、けど楽しいんだ。皆オレたちを必要としてくれてる。長期休みの時期には子供たちとも遊べる。それに差し入れも美味しい。こんなこと都会じゃできないだろう？　そこはちょっと羨ましいだろうって、よく同期にメールしてうざがられてる。それがまた楽しいんだなー』

嘘はついていなかった。話している彼は楽しそうだった。

エスポワールにはそれがなんだか羨ましく感じられた。

＊＊＊＊＊

目を覚ましてから時計を見る。時間はあまり経っていない。

エスポワールは徐にキャリーケースを漁り、記憶の中にいた彼から貰ったものを取り出しポシェットに入れる。

それから貝殻の手鏡、サンゴのヘアゴム、真珠のブレスレット、それとアクワリウムで会った水兵オフォンの名刺も入れる。ブレスレット、映画名鑑、子供たちからの絵もだ。お守りを二つはポシェットのチェーンに付ける。ボールペンと、レーヴからの贈り物も全てポシェットに詰める。

「は、入った……」

全て入った。まるで計算されたかのようにぴったりだった。

羽のヘアピンは頭に付けている。ハンカチはポケットの中。あとは、エクランへの追加の手紙を書くだけだ。

今エスポワールが伝えたいことを全て書き出す。ありがとうと、申し訳ないと、生き抜くということを。

たとえ死という道しか残されていないとしても、今までの思い出をかかえながら、やれることはやる、という意思を彼に伝える。

支度を終えて一度深呼吸をする。

「……よし！」

自分を鼓舞する。

恐怖は消えないが、それに勝るほどの勇気が湧いていた。

エスポワールは発車十分前に列車へ乗り込んだ。

中には既にデジールが乗り込んでいた。彼女の席の近くに座り、車窓を眺める。そこにはビブリオテックと宇宙《うみ》が見えている。

これが最後の列車の旅。これから見える景色をしっかり脳裏に焼き付けようと、今までのことを思い出しながら外を見ていた。

# 0-6　終着駅

　ずっと宇宙《うみ》を眺めていた。たまにキャリーケースとポシェットの中を確認してはまた宇宙《うみ》を眺めた。

　後悔がないように最後まで確認を怠らない。もう後悔したくないから。デジールが変なものを見る目で見てきたが気にしなかった。

『間もなく、リュミエール・モー・ポルト、リュミエール・モー・ポルト。お忘れ物のなきようお願いします。繰り返します。間もなく……』

　ついに到着する最終駅。エスポワールは気合を入れる。後悔しないようにと気を引き締める。ここからは何があるのかが分からないのだから。

　情報が何一つない場所。

「あれ？　終着駅の名前って、ポルトなんじゃ……」

　モー・ガールの放送ではポルトと言っていた。切符にも「モー・ガール↓ポルト」とある。

　不思議に思っている間に、駅に着いていた。

# 7　生への旅路

列車を降りると、柵に囲まれた所に出た。大きな扉があり、周りは空のような景色が広がっている。

デジールは臆することなく、辺りを見渡し散策する。

エスポワールは少し怖かった。何もないような、でも何かに見られているような感覚があった。

「エスポワール、これって何かな」

呼ばれたエスポワールは、すぐにデジールの方へと駆け寄る。身長の何十倍かはあろうという扉の前に立つ。そこには、天使と悪魔の絵が描かれている。

「ここで行き止まり？　だよね。終点だから」

「でもここにはこの扉しかありませんね。他には何も……」

そんな話をしている二人の背後で、カツンッと靴音がした。

「これはお嬢さん方。お久しゅうございます」

振り向くと、真っ黒な装いの男が、鎌を持ってそこに立っていた。

お久しゅうと言われたが、彼女たちはどこで会ったのかは覚えていない。

エスポワールはル・ミュゼで似たような者を見たことはあるが、目の前の者の方が少し声が低かった。

「会ったことを覚えていないのは当たり前です。自己紹介しましょうか。私は死神の一人。他に情報はありません」

カツンッ、カツンッと靴音を鳴らして二人に近づく。

「もう少しその扉から離れてもらえませんかね？　私より後ろに行っていただけると嬉しいのですが」

二人は言われるがまま扉から遠ざかる。

「さて、余計な話はなしに本題に入りましょう。お二人はここに来るまでに小さな石を六つ集めましたね」

「ええ、ここにあるけど。これ一体何なの？」

そう言ってデジールが取り出したのは、カバーに石が填められた手鏡だった。

「その石は、ここ、メール・モーに来る前のあなたたちの記憶の一部。あなたたちは記憶を失った死人なのです。お分かり？」

エスポワールは、記憶のことはシネマで教えてもらった。死人であることはビブリオテックで見た日記で確認済みだ。驚くことではない。

「はあ!?　馬鹿じゃないの!?　あたしはここにいるじゃない！」

デジールは強く叫ぶ。そうそう受け入れることなどできはしない。

死神は彼女を無視して話を続ける。

「あなたたちをここまで来させたのには意味がある。今からあちらのあなたたちの状態を伝える。それを見てから改めて話を進めよう」

そう言って死神は大きな扉に手を掛ける。扉が開かれると奥から眩い光が溢れてくる。目が眩むと少しずつ映像が流れ込んでくる。

石を填めた時と同じだった。

映像の中では二人とも白いベッドに横たわり、体には管が差し込んである。デジールの傍には男女がいて、心配そうに彼女のことを見ている。エスポワールの方には誰もいない。

バンッと扉が閉まって、二人は我に返った。

「今のは何……？」

「さ、これが最後の石だ。これを受け取ればあなたたちは、全ての記憶を思い出す」

死神はエスポワールの言葉を無視して話を進める。

エスポワールは懐中時計の穴に、デジールは手鏡のカバーの穴に、渡された白色の石をそれぞれ填め込む。

エスポワールの中に流れ込んできた記憶は、よく見えなかった。

空が見える。空と何か。よく分からない。澄み渡った空を目の前にして、エスポワールは落ちていた。

お腹の辺りが痛む。ここに来る前に誰かと口論していた気がする。

それは、誰だったか。

再び我に返ったエスポワールに、死神が話しかけてきた。

「どうでしたか。記憶は全て思い出せましたか」

エスポワールは少し俯いて、首を横に振った。

「は？　そんなわけがないだろう。七つ集まれば記憶は全て戻る仕組みになっているんだ。お前一体何をした」

死神の表情は隠れて見えない。それでも怒りを表していることは分かる。

「使いました」

「どこで」

「ミュゼのオルディナトゥールさんに」

彼を助けるために、石を使った。それがエスポワールの意向だったから。大事なものだと知りながらも、彼を助けることを選んだ。

「そうか。あの騒ぎの時にいたのは、あんただったのか」

死神は溜息をついた。

「まあいい。問題はあっちの方だ」

いつまでも声を出さないで突っ立っているデジールに死神が視線を送る。

「思い出したか」

そう聞くと、彼女は大声で笑いだした。

エスポワールは、異様な彼女の様子に後ずさる。

「思い出した。全て思い出した。やっぱりあなたがそうだったんだ。ねえ？　エスポワール」

狂気を帯びたデジールの目に、エスポワールは恐怖を覚える。

「あなた、何も思い出せてないの？　可哀想。本当に昔から可哀想な人。あたしがあなたと、あなたの後輩を殺したことも忘れたんだ」

自分の耳を疑った。聞き間違いだと思った。

「あれ？　聞こえなかった？　あたしが！　あなたと後輩を殺した！　分かる？」

エスポワールの耳が悪くなったのではなく、聞き間違いでもなかった。

「どういう、こと？」

「そのままの意味」

「話していいぞ。時間はまだある」

死神は楽しそうに、二人がやり取りすることを望んでいた。

死神が傍観する態勢に入ると、デジールは言葉を紡ぎ始める。

「どこから話そうか。とりあえず後輩君の話をしようかな。あなたが後輩君と会ってからは三年くらいかな？　でもね、あたしはあなたが出会う何年も前から後輩君と恋人同士だったの」

「そう、なんですか」

「あれ？　驚くとか落ち込むとかはないの？　好きだったんでしょう？」

キョトンとするデジールに、違うと頭を振る。

「あ、そうなの？　可哀想。じゃあ弄ばれてただけなんだ。後輩君、あなたのこと好きだったんだって。あたしとの別れ話を切り出すほどに。もう少しで計画が遂行されるってところでよ？　信じられない！　あいつまで、あたしを裏切った！　あの時のあたしの気持ち分かる？　分からないでしょうね。あなたは裏切られたことないんだから」

エスポワールは話の意図が掴めないでいる。

感情に任せて言葉を吐き出すデジールに付いて行けず焦っていた。恐らく先ほどの死の場面が頭に残っているのだろう。死にたくなくて、でもエスポワールに真実を突きつけたくて。

「その計画とは何ですか？」

エスポワールが恐る恐る聞き出す。

「あなた、後輩君が希望の光だったでしょう？　あたし、一度あなたを絶望させてやりたかったのよね。でね、そのことを後輩君に話したら、いい案があるって持ち掛けてきたの。どんなのだと思う？」

デジールはニコッと笑った。狂気を隠すことなく不敵な笑みを浮かべていた。エスポワールには話が見えてこない。記憶を全て思い出していれば分かったのだろうか。答えが分からずに、彼女の回答を待った。

「誰か一人味方をつけて裏切らせればいいよ、って。でもそれだけだと絶望度は低い。だから今まで安心して傍にいた友達があなたをいじめて、味方がそれを助ける。それを繰り返して繰り返して繰り返して、相手が味方を信じ切って安心できる人物になったところで、真実を伝えて地へ落とす。そうすれば信じていた相手に二度も裏切られて、絶望度がすごく高まるんじゃないかって。だってそうしたらあなた、味方いなくなっちゃうもんね」

「じゃあ。……じゃあ、あの人は。記憶の中で笑っていた彼は、私の希望は……」

「一番の裏切り者。あたしを助けたくてあなたを突き落とす。一番の裏切り者」

絶望するエスポワールの表情に満足しているのか、彼女は今までで一番の笑顔を見せる。

エスポワールは体の力が抜けて崩れるように膝をついた。どこかには味方がいたら、それだけで希望が持てたのに。

「味方なんて誰もいなかったんだ」

「そうよ。あなたのお母さんはあなたを縛り付けて閉じ込めて、体罰を与えては誰とも関係を築かせようとしなかった。あたしと後輩君はあなたを陥れようとした。他に関係を築いた人っている？　いないよね？　いたらまだ生きようとしてたもんね」

俯くエスポワールの頭を、デジールは踏みつける。

「ッア!?」

デジールは高らかに笑う。愉悦と気持ちの良さに我を忘れて笑う。

「ああ、もっと早くにこれができるはずだったのに。あいつがあなたのこと好きだなんて言うから計画が狂った。ねえ、廃墟のこと覚えてる？　後輩君が落ちたの」

それは知っている。一日映画体験で見た。目の前に真っ赤に潰れた彼がいたのだ。

「あれ、落としたの、あたし」

「な、なんで」

「だって、裏切り者は殺すしかないよね？　ずっとあたしの味方でいるって言ったのに、裏切ったのが悪いんだから。だからあなたと出かける日を狙って、廃墟に呼んで自殺に見せかけて殺した。すごいね、本当に自殺で処理されたんだから。警察って無能だね」

楽しそうだった。とにかく楽しそうだった。

レーヴがエスポワールと音楽をやっている時と同じように。アビメスが好きな魚を解説する時のように、彼女は楽しそうだった。

殺したとは言ってはいたが、きっと何かの冗談だろうとエスポワールはどこかで思っていた。

「後輩が死んだからと言って、こんなところで計画を止めることはできないって思って、数か月後にあなたを呼び出したの。覚えてる？」

「知ら、ない……」

彼女は頭から足を離してくれない。起き上がろうとしても彼女の力の方が強かった。

「建物に呼び出してね！　腹を刺してね！　屋上から落としたの！　あたしが救急車を呼

んで！　嘘の話を伝えて！　あいつら馬鹿だよ！　あたしの話を信じて、辛かったねって！　あっはっははははは！　本当に馬鹿ばっかり！　被害者と関係者の言葉は全部信じちゃうんだから！　あたしが泣いただけで、それだけで十分だった！　怖かったって言えば十分だった！」

言葉の節目節目でエスポワールの頭を踏みつける。地面には血が広がっている。

なぜ死んでいるのにさらに死ななくてはいけないのか。意識が朦朧とする。

「私、そんなに悪いことしたかな……」

そんな独り言はデジールには聞こえなかった。

「でもね、きっと罰が下ったんだ」

彼女は急に静かになった。

「今日はもう家に帰って後日話を聞かせてねって、言われたから一人で帰った。浮き足立ってた。その帰りにね。トラックに撥ねられたんだ。すごいよ、さっきの記憶の映像で痛みとか全部体によみがえった。ああ、痛かった。鳥肌が立った」

きっと罰が当たった。天が罰を下した。そう思える展開だった。

しかし彼女はそうは思わない。

「だって、全部あたしがしたかったことだもん」

彼女は狂気に包まれていた。それを彼女自身は気づいていない。

それが彼女の普通だったから。

「そうだ！　この間名前の話したよね？　あたしの名前の意味を教えてあげよっか」

デジールはやっとエスポワールから足を離した。しかしエスポワールは動けなかった。

「désir。意味は、『欲望・欲求』。なんでかなって思った。あなたは『希望《espoir》』なのに。なんであたしは『欲望《désir》』なのかって考えてたんだ」

空を見上げて、小さく息を吐く。

エスポワールは重い体を起こし朦朧とする頭を上げる。

「でもさっきここに来て、全てを思い出して、なぜか分かったの。すっごくピッタリな名前ね。あたし、欲しかったんだ。全部が欲しかった。賞も名誉も愛も頭脳も。全部欲しかった。でもあなたがそれを邪魔したんだ」

いつも二番だった。銀だった。いつもエスポワールの次だった。

デジールは小さい頃からなんでも与えられてきた。手に入らないものなどほとんどなかった。

親も祖父母も、デジールの欲するモノはほとんど与えていた。誰かに取られることなどなかった。彼女の与えられ続ける日常が変わったのは、エスポワールが現れてから。それからは手にできないものが増えていった。子供心にそれが悔しかった。

成長してもその気持ちがなくなることはなかった。むしろ強くなる一方だった。

その気持ちが爆発して確実に殺意に変わったのは、後輩君にフラれてエスポワールの笑顔が増えた頃からだろう。ずっと一緒にいた彼に裏切られたことがよほど堪えていた。

「全部、あなたと会ったのがいけなかったんだ。そこからが間違いだったんだね。次は、きちんとした人生を歩めるのかな？」

エスポワールの血だらけの顔に悲しみを帯びた視線を向ける。それはきっと本当に悲しんでいた。

止められなかった自分、溢れる欲望と後悔と懺悔、死と生……。

全てが正しいと突き進み、進んで進んで進んだ先に、彼女は何を見たのだろうか。

傍らでずっとやり取りを見ていた死神は、飽きていた。白けた顔をして欠伸をしている。

「チッ、それだけか。もっと心躍る何かがあるかと思ったのに。結局人間なんざ、そんなもんか。期待して損した」

死神は歩みを進めて、持っていた鎌を二人の間に振り下ろした。

ガツンッと地面を抉る。

「どうもお嬢さん方。そろそろ時間が迫っているので次に進んでいいですかね？」

エスポワールはふらふらの状態で立ち上がる。

二人は、はっきり見えない死神の顔へ視線を送る。

「あなた、さっきは時間はあるって言ったじゃない」

「飽きました。なので次に行きます」

二人はもう何も言うまいと思った。何か言ったところで無視をされるのが落ちだ。

「でももう死ぬだけでしょう？　あなたはさっき、あたしたちのことを死人と言ったんだから」

その言葉を聞いて死神は溜息をついた。

「あなたの理解力のなさは分かりました」

デジールは反論しようとしたが、すんでのところで押し黙った。

「来てすぐにベッドで寝ているところを見せたでしょう」

確かに見た。白いベッドに大量の管。あれはきっと病院の一室なのだろう。

「率直に言うと、あんたらはまだ生きている」

その言葉に二人の顔に希望の光が差し込む。

「でもなあ、生きられるのは一人だけで、方法も一つだけなんだな」

「それは何!?　今すぐに教えて！」

デジールは目を見開き死神に詰め寄る。

そんなことにも動じずに、死神は鎌の柄に腰かけ、空へと飛び上がる。

「まあまあ落ち着きたまえ」

死神はすっと人差し指を出して、ある方を指差す。

視線を向けると、そこには、大きな天使と悪魔が描かれた扉があった。

「そこから一人だけ出ることができます。そいつは生きることができ、残ったものは私と一緒に列車へ戻り、このまま死ぬ。お二人とも死んでもらっても構いませんが」

今の話を聞いてデジールが動かないはずがなかった。

「扉に行けばいいのね」

「そうですよ。さっさと決めてくださいな」

死神は再び欠伸をして二人から離れた。

デジールは、顔の血を拭ったエスポワールに視線を合わせて、今までにないくらいに、優しい声音で言った。

「ねえ、エスポワール。あたしに譲ってくれるよね？」

それは何かを言わなくても分かった。

「なんで？　私も……！」

「だってあなた、死にたかったもんね？」

「……なんで知っているの」

「あたしがあなたのことで知らないことがあると思った？　ちゃーんと知ってるよ。それにどうせ生きていたって味方も友達も救済も何もないもんね。だからあたしに譲ってくれるよね？」

必死な彼女の目には、生きるために追い詰めなければならないエスポワールしか映っていなかった。

エスポワールは怖くなりポシェットをぎゅっと握りしめる。そして思い出した。

ビブリオテックで読んだ日記に、

死神は旅する者を決して逃しはしない。

必ず殺す。魂を狩るのが仕事だから。

扉に行こうが、列車に戻ろうが絶対に死んでしまう。


そう書かれていた。その通りならば、扉に行こうが有無を言わせずに殺されてしまう。

「だ、駄目です！」

切羽詰まったような声に、デジールは少し驚いた。

「なんで？　あなたも生きたいの？」

「ちが……うわけじゃないんですけど。でも駄目です！」

「なんで？」

「だってそっちも……！」

「おい」

いつの間にかエスポワールの首筋を死神の鎌がとらえていた。

「余計なことを言うな。ここで殺すぞ」

低く地に轟くような声。絶対に言わせないという意志が見えた。

「まあいいや。じゃああなたは扉に入らなければいいじゃない」

「それで決まりだな。すぐに開けるから離れていろ」

死神の様子が明らかに変わった。焦っているのだ。あの日記に書かれていたことは本当だったのだ。

扉に入っても死ぬ。

生きていけるというのは、死神の甘い囁きなのだ。

それで釣って結局魂を狩る。希望を与えて絶望を与える。最後の最高傑作を作るために。

「駄目！　駄目だって！」

抗おうとするエスポワールの首に鎌が食い込む。

「これ以上声を上げてみろ、本当に殺すぞ」

フードに隠れた死神の目が見えた。本気の目だった。次に気に入らないことをすれば、

三度目の正直で首が飛ぶ。

扉が開く。輝かしい光は目を瞑ってしまうほどだ。

「この先に行けば生きることができる……」

「なんだ、怖気づいたのか？」

死神が声をかける。

「そんなわけないじゃない」

デジールはエスポワールに振り返り、最後の言葉を投げかけた。

「ごめんね。次会う時は、本当の親友でいられるかな？」

それは心からの言葉。次はきちんとした親友でいたいという思いからだった。

「ッ……！」

エスポワールは手を差し出そうとしたが、死神が怖くてできなかった。しかし必死に笑顔を作る。

「……また、どこかで。……デジール」

「またね、エスポワール」

デジールは満足そうな表情を浮かべ扉の奥へと消えていった。そして扉は閉まる。

これでよかったのかエスポワールには分からない。でも、ここで終わりたくはなかった。

デジールに手を差し伸べれば、きっと二人とも生き返ることができなくなる。

死神は一仕事終えたと肩を鳴らして落ち着く。

「はあ、疲れた」

放心するエスポワールに、死神は自分に注目させようと向き直る。

「さあ！　彼女は扉へ進んだ。ということは、あんたはここで死ぬんだな」

死神は笑みを浮かべながら、エスポワールに近づく。

扉へ行かないのならば、列車へ乗り込み、死ぬのみ。そこで全てが終わる。

「お前に残された道は残り一つ。いくら考えたところで死ぬ運命は変わらない」

死神が一歩進むとエスポワールは一歩下がる。そうしているうちに柵のすぐ前まで追い詰められた。

「さあ行くぞ」

死神は手を差し出す。

「他に道はないんですか？」

死神は頭を捻るが、すぐにその問いに答える。

「そうだ。運命は決している」

「じゃあ、これは元からあったものなんですね？」

「お前はさっきから何を言っているんだ。恐怖でおかしくなったか」

エスポワールはもう一度決意を固める。

うまくいくかなど分からない。それはもう決まっていた道なのかもしれない。でも――。

「……私は」

「？」

死神の足が止まる。

「私はこんなところでは死ねない！」

「……！　なにを今さら」

エスポワールは柵を乗り越え、どこか不安が残るが力強い瞳で死神を見据えた。

死神は焦るも平常心を保とうとする。

「私は進むと決めたから。もう運命に雁字搦めにはならない。死から逃げることで、本当の気持ちから逃げない道を行くと決めたから。私は――」

エスポワールはもう戻らない。決して捕まりはしない。

「私は生きると決めたから！」

　そう言ってエスポワールは柵から手を放し、真っ逆さまに落ちていく。

「待て！　お前の魂はわたしが！」

　落下する彼女に向かって死神が鎌を振り下ろす。鎌の刃先はマフラーをとらえたが、そのまま切り裂かれ、一部は落下していった。

　とっさにエスポワールは手を伸ばし鎌の柄を掴んだ。

　怖かった。どうなるかも分からない。もしかしたら天国にも行けなくなるのかもしれない。けれども彼女は次に進みたかった。

　皆のエスポワール《希望》になりたかった。自分自身のエスポワール《希望》になりたかった。

「怖い。……けど、この自分探しの旅を自分の意志で進めたんだから、きっと向こうでもできる。だってこのメール・モー《世界》での私も地球で生きていた私も、どちらも間違いなく私自身だから。私は――」

　瞳に光《いのち》を灯らせたエスポワールは自分に言い聞かせるように叫んだ。

「私は私自身を、エスポワール《希望》を信じる！」

　そして鎌を掴んでいた手を離す。落下していくエスポワールは淡い光に包まれた。

＊＊＊＊＊

「嘘よ！」

小さな四角い部屋で女性が叫んだ。涙を流している。

「底原《そこはら》さま。残念ですが……」

「嘘に決まっているわ！　キララが。愛する我が娘が死ぬわけないじゃない！」

女性は噎び泣きながら、ベッドで息を引き取った娘に抱きつく。その隣にいた夫は、妻を落ち着かせるために、背中を撫でることしかできずにいた。


消毒液のにおいがしみついた真っ白い空間にベッドが置かれている。

横たわる体にはいくつもの管が挿してある。

時計と心電図の無機質な音だけが響いていた。

夢野望実が目を覚ます。

白い天井が目に入る。横を見ると同じく白いカーテンが見えた。

# 0－7　希望を受け取って

屋上にエスポワールと対峙していた死神が立ち尽くしていた。

「あなたが魂を取り逃すとは珍しい。腕がなまったんじゃないか」

彼女が消えた先をずっと見下ろしている死神に、もう一人の死神がからかうように話しかける。

「まさか。少し眩しすぎて目が眩んだだけだ」

「ハッ！　そんな言い訳が私に通用するとでも」

魂を取り逃した死神は、頭をガシガシと掻きながら列車の方へ向かう。

「因みにさっきの魂は私が貰っておきましたから。これでわたしの方が一歩優勢です」

「僅差だろう。次はわたしが貰う」

魂を狩った数は、二八九対二九〇。この二人の死神は、死神となる前から、様々なことで競い合っている。

「清々しい顔をしていますが、何かいいことがありましたか」

「いや。何もないさ。……ただ少し、こんなに成長する者がいるとは思わなかった」

魂を手に入れた死神は、興味がそそられたような顔つきで、ほぅ……と溜息をもらす。

「ま、悔しいのならば、これからここ、リュミエール・モー・ポルトをもっと強固な場所にすればいい」

「ああ。そうだな。……何か手を打たねば。この世界《メール・モー》の均衡を保つためにも」

「たとえあらゆる者に嫌われようとも、私たちの仕事は変わらない。この世界を守るためにも」

魂を逃した死神は、悔しくはあるが、どこか満足した表情で、もう一人の死神と列車に乗り込む。

彼らはこれからも、彷徨う魂を狩る。

それがこの世界の死神だ。

fin

# あとがき

「友達は自ら身を投げた。落ちた後にも少し意識があったみたいで、彼女言ったの。まだ生きたい」

「花畑でものすごく喉が渇いていた。だから目の前の川に飛び込もうとした。そうしたら、先生の前にいたおじさんが手を振りながら消えていった。そしたら目が覚めて、そのおじさんは同じ病院のベッドで亡くなっていた。おじさんが先に事故に遭うのではなく、先生が先だったら、先生の方が先に亡くなっていたのかもしれない」

「教え子たちの同窓会で、一人の男子が眠そうに、しばらく寝る、と言って寝たんだ。終わりの時間になっても、彼が起きることはなかった。でも、とても幸せそうな顔だった」

どれも恩師から聞き受けたお話です。

初めまして、北嶌千惺と申します。

前述の話を書きたいが為に、この「あとがき」を載せました。一部抜粋ではありますが、それほどに記憶と心に残ったお話です。

いずれ死ぬ。しかしいつ死ぬのか分からないのならば、私はあがいて、苦しくても最後まで生き抜きたいと思っています。死ぬ間際までに少しでも幸せだったと思えるのなら、きっといい人生だったと感じることができると思います。

主人公エスポワールの旅は終わりですが、これからも彼女の人生は続きます。様々な方に、時々止まりながらでもいいから、ガーベラの花ように強く、真っ直ぐに突き進んでほしいです。


最後に謝辞を。

右も左も分からない中、私の作品と真摯に向き合ってくださった文芸社出版企画部様、編集部様。『死への旅列車』に関わった全ての人と、これまでを応援してくださった方々。

そして何より、この書籍を手に取って読んでくださった方。誠にありがとうございます。

インターネットで私の名前を検索してくださると様々出てくると思います。これからもいろいろなことに挑戦し、小説・イラストをかいてまいりますので、お時間のある時にでも覗いてくださると嬉しいです。

それではまた、どこかで出会えることを祈って。

**著者プロフィール**

**北嶌 千惺**（きたじま ちさと）

大分県出身
帝京大学卒業
著書『死への旅列車』（2022年、文芸社）

登場人物絵／北嶌 千惺

**死への旅列車 II**

2023年 8 月15日 初版第 1 刷発行

著 者 北嶌 千惺
発行者 瓜谷 綱延
発行所 株式会社文芸社
〒160-0022 東京都新宿区新宿1－10－1
電話 03-5369-3060（代表）
03-5369-2299（販売）

印刷所 株式会社暁印刷


ISBN978-4-286-24342-9